はじめての連句

つくり方と楽しみ方

坂本砂南＋鈴木半酔

木魂社

はじめての連句　つくり方と楽しみ方

はじめに

私が「連句」の魅力にとりつかれ、三年ほど過ぎた頃、身近な友人たちに「連句って、面白いよ…」と誘いをかけた。ところが返ってきた答えは、
…いろいろ規則があって、難しいんじゃないの？
…とてもとても、私にはそんな高尚な趣味は敷居が高すぎます。
…何だか面倒くさそうだな。ご免こうむりたいね。

などなど、二の足を踏むというか、断りの言葉がほとんどだった。

なぜ、「連句」には「難しい」「面倒だ」というイメージがつきまとっているのだろうか。これは「情報の発信側」にも、問題があるように思えてならない。

私が長年親しんでいる「弓道」にも同じ問題がある。初心者のための入門教室には、毎年二十名を越える参加者があるのだが、弓を続ける人は一割にも満たない。これは、熱心な指導者ほど「難しく」教えてしまうからである。

「連句」も同じだと思う。初めは最低限のルールだけにして、「連句は楽しい」「連句はやさしい」を伝えることにする。細かい規則なんて何のその、の気持ちで、心安らかに、まずは「連句」の「味見」をしてもらう。

酒を酌み交わしながら、料理を味わいながら、談笑を楽しむ。そんな和気あいあいの雰囲気のなかから、付け句がうまれ、「連句」の輪が広がっていく…。もう少し間口を広げ、ハードルを低くすれば、連句人口はもっともっと増えるはずだ。「式目」(規則)は小出しにする。

この本は、極めてシンプルに「連句」という「言葉遊びゲーム」の概要を紹介するものである。その基本原則(ルール)、大まかな俳諧史、実作の進め方、その多様な楽しみ方や、効能やマナーにも触れる。そして、いくつかの実作例も紹介する。

この国古来の「座の文芸」と呼ばれる「連句」ガイド。その奥の深い世界へと誘うための「動機づけ」になれば幸いである。

(砂南)

はじめての連句　つくり方と楽しみ方　目次

＊文責は（砂南）（半酔）として各文末に表記した。

一章　連句はやさしい

俳句や短歌や川柳の人気にくらべて、連句愛好者の数があまり増えていないということ。カルチャーセンターなどの案内でも「連句講座」は見かけない。それはなぜなのだろうか。「俳句」はひとりでも楽しめる。（句会などに参加しなくても…）。新聞や雑誌への投句も自由である。これに対して「連句」は、複数（三から七名くらいまで）の人が集い「座」を設ける必要がある。

歴史的な背景も見逃せない。およそ文芸などには縁のない人でも「俳句」といえば「ああ、古池や…ですね」などの答えが返ってくる。芭蕉、蕪村、一茶くらいなら誰でも知っている。「五・七・五」という詩の形は、永年にわたって庶民に親しまれ、日本人の感性にすりこまれてきた。

これに対して「連句」は、「座の文芸」と呼ばれるように参加者の「共同作品」になる。だから、仲間うちの自己満足に終わる可能性もある。しかし、気のあった仲間と共有する、濃密な時間は何物にもかえがたい。人生の至福といってもいい。「連句」は創作を伴なう一種の「言葉遊びのゲーム」である。もちろんゲームだからルールがありマナーもある。それはおいおいふれる。まずは、その根幹になっている三つの原則（ルール）から始めたい。

「連句はたのしい」「連句はやさしい」。芭蕉もこう言っている。「俳諧（連句）は、しなやかさ、庶民性、笑いを重んじよ」。

1　原則（ルール）は三つだけ

①　付けて転じる
―付き過ぎず、離れ過ぎない

「連句」は前の句に「付けて」詠み進めるのが基本だが、注意すべきことは、前の句の補足説明にならないこと。同じイメージの句が続かないことである。初めのうちはどうしても、前の句に引きずられるから「付き過ぎ」が多くなってしまう。

一方、離れるといっても離れ過ぎてもいけない。一篇の詩の流れが分断してしまうから。この按配がなかなか難しい。極意は「付かず離れず」という。よい人間関係が長く続く秘訣に、相通ずるような気がする。

「付けて転じる」とはどういうことか。前の句をよく読んで吟味し、どこに目を付けるかを考える。慣れてくるとこれが分単位でおこなわれる。ひらめくのだ。基本的には前句に「寄り添う」という気持ち、姿勢だろう。句の意を受け止める「やさしさ」とでもいうか、気配り、心づかい。しかし、「転じ」なければならない。

「連句」で最も留意しなければならないのは「停滞」だという。「転じる」ということは「変化」であり「前進」である。同じ所にとどまっていたのでは進歩がない。人の生きる道と同じである。これは次項の「戻らない」にも相通ずる。

ひとつだけ、ぴったりと前句に寄り添って付けねばならない所がある。「発句」

に付ける「脇」の句。これは同季、同場所が決まりである。発句が秋の句なら、脇の句も秋、室内なら室内の景、戸外なら戸外の景を付ける。例えば…

発句　秋蝶のゆるゆる翅を畳みけり　半酔
脇　　つるべ落しの庭に佇む　大王烏賊

という具合。庭で元気のない蝶に目をやり、これに寄り添う詠み手がいる。詩情豊かな一巻の滑り出しである。

発句・脇以外で、「付き過ぎ」と「付いて転じている」例をあげてみよう。

蒲団干す妻のもてなし友来る　泥酔
　朝寝坊する暖冬の朝　砂何

蒲団が冬の季語、冬の二句続きの場面だが、暖かい蒲団で朝寝する、これは明らかに「付き過ぎ」。おまけに何句か前に「朝の散歩も…」という句があり、戻ってしまう。

涙ぐみ妹が聴くモーツァルト　散人
　イケメン狙い落すハンカチ　鮎丸

ここは恋の句の始まり。涙とハンカチがよく付いていて場面の転換もうまくいっている。少々古風ではあるが…。離れ過ぎてしまった例もひとつ。

月笑う嘘ばっかりの閑古鳥　泥酔
　三冠めざす若駒の群　砂何

まったく別の世界に飛んでしまった。これでは詩がつながらずプッツリ切れてしまっている。過ぎたるは何とやら…である。

② 戻らないこと
―こころは前へ、前へ

「歌仙は三十六歩也、一歩も後に帰る心なし」有名な芭蕉の言葉である。

これは、前項の「転じる」にもつながるのだが、前の句やその前の句で使った言葉や漢字は使わない。つまり「同字」を避ける。それと、前の前の句に出た素材やイメージも使わない。これは「打越し」といって、「後戻り」をしない、という原則に反するからである。

人生、悔いが多いものである。青春時代といわないまでも、せめて十年前に戻ることができたら…などと、あれこれ夢をみる。しかし、これは無情にも叶わない。戻ることは絶対に不可能で、戻れたら苦労はない。

「連句」における「転じる」とは、そういうことだと思う。前の句とは別の世界に移動すること、前進あるのみ、ということだ。しかし、「付ける」という条件がつく。

「同字つながり」と、「打越しにかかる」と思われる例をいくつかあげてみる。
私たちの連句会での実作から、一部修正を加えながら…。

・「同字つながり」のケース

　晩飯に南瓜を煮て食卓に
　　箸転がりて追いかける猫
目の中に大きな空が拡がりて

わずかにかな文字の「て」一文字だが、三句つながると、やや同じ調子になりやすい。

　盆払い狸親爺の与太話
　　千べろ酒場爺のたまり場

漱石の命縮めた締切日・
　湯船につかる朝日眩しく

この二つは明らかに、「爺」と「日」の同字つながり。

・「打越しにかかる」ケース

ジョギングの流れる髪や女郎花
　皇居のほとり革命の歌
空の下キャッチボールに笑う女・
真っ直ぐな拝み太郎に恋をして
　君送る駅人もまばらで

不器用なプラトニックラブ手も出せず

朝一番に故郷の駅
満月は都会の空に収まらず
二百十日の鬼ものぞきて

一番目は「スポーツ」という題材と「女」という字が、三句目に出てしまった。二番目は「恋」と「ラブ」はやはり「打越し」だろう。三番目は「一」と「二百十」という数字が「打越し」になりそうだ。

③ 森羅万象を詠む
――人の情けから宇宙まで

「連句」とは、宇宙空間に存在する、数限りない、いっさいのものを素材に、詩ごころをこめて句を詠み、それに付けて、つなげていく「座の文芸」である。

花の季節になると、人はなぜか心が浮き立つ。月だって、月見をするだけでなく「スーパームーン」ともなれば雲のない夜を願う。鳥のさえずりを聴けば「鳥語がわかるといいな」などと思う。風にもこころをときめかす。

「天変地異」に無関心という人はいない。今の政治・経済情勢にだって、それぞれ一家言もつ。ノーベル賞や宇宙へのロケットにも一喜一憂する。

お彼岸には先祖の墓に参り、暮れには除夜の鐘で煩悩を払い、年越しそばをする。年が改まれば、雑煮と屠蘇で祝い、初詣にでかける。

詩心のある人は、淡々と過ぎていく日々のなかの慣習や催事、自然界の移ろいに、風流を感じ取る。バレンタインデーやハロウィンだって無視しない。人間の「喜怒哀楽」のすべてに、決して耳をふさいだり目を閉じたりしない。「生老病死」にしても、時にユーモアというオブラートに包んで「詩」にしてしまう。

さて、「連句」にはどんな言葉（季語を含めて）が並んでいるのだろうか。私たちの連句会の実作のなかから拾ってみる。発句から挙句まで…ここでは「付け」と「転じ」にはふれない。素材としての句のみである。

〔発句〕

・石蕗の花咲きて土鍋を出しにけり

・万緑や来世は樫と定めおり

・初夢やハイネのこころ抱いて起き

〔脇〕

・寝ぼけ眼ですする七草

・雲の峰たつ西の大空

・酒を控えて初粥の膳

〔第三〕

・つむじ風犬吠えたてる街角に

・炊きたての筍ご飯大盛りに

・手品師のコインをかざす指先に

〔月〕

・円窓の格子に月の影さして

・細腕の盛り塩光る寒の月

・夏の月佃の渡し懐かしく

〔恋〕

・雨上がりバスストップで紅をひく

・今は恋より噛み合わぬ義歯

・残り香をかすかにまとう蛇の目傘

〔花〕

・花の園養生訓を友として

・団塊の花に問う夢古日記
・花の木戸押せば誰何の声がして

〔時事〕
・ゴジラが流行る平成の闇
・ＡＫＢテレビに跳ねる騒がしさ
・運命のボール投げあうＴＰＰ

〔雑（ぞう）〕（季語なしの句）
・即興詩人囲む宴に
・別れ告げカスバの街にペペルモコ
・休肝日には大福を食う

〔遺句または逃句〕

・山に道あり海に道あり
・十九の春におまえ十七（恋）
・西郷さんに敬礼をする

〔挙句〕
・入選の絵を飾る春の間
・春眠やぶる朝刊の音
・蛙合戦やっとお開き

森羅万象―すべてを「愛おしく思うこころ」が、その基調にあるように思う。このような断片が連なって（挙句の果てに…）一巻の抒情詩（共同作品）が出来上がる。その進め方などについては、三章以降で明らかにしていく。

2　楽しむべし

「連句」の楽しさは、あくまでも「遊びごころ」を優先させることにある。連句を始めて数年たった頃、「連衆」のひとりから、こんな賀状をもらった。

「引き出しを豊かにして、気持ちに余裕をもって、連句を楽しみたいと思います…」

まさにこれに尽きる。私もこの心構えで「連句」を楽しんで〈生きたい〉と思う。「無分別に作すべし」。これも芭蕉の言葉である。無分別…辞書によれば「対象を言葉や概念によって把握しようとしないこと。分別のないこと。思慮のないこと」、とある。

我流で解釈すれば、言葉や概念に縛られるのではなく、肩のちからを抜き、こころを解きほぐし、その命ずるままに「好きに詠むべし、楽しむべし」ということか。これで随分と気が楽になる。

楽しくなければ「連句」ではない。がちがちの概念的な句ばかりが、夜店のステッキのように並んだのでは、連衆はもとより、これを観賞する人々を疲れさせるだけである。私の連句入門時の師匠・佛渕健悟さんもこうアドバイスしてくれた。

「…あまり細かいことにとらわれず、おおらかに、気にのせて運ぶことが大事です。考えすぎず、顔をあげて、笑いを忘れず、言葉とたわむれていただきたい」。

しかし、これがなかなか「言うは易く…」なのである。場数を踏んで慣れていくしかないのであろう。

「弓道」でも、ある程度基礎が身についてからは「あとは矢数をかけるだけですね」と指導者からいわれる。

「連句」には、「十巻まいてひと稽古、百巻まいて人前に出ず」という言葉がある。百巻なんてとてもとても、日暮れて道遠し、の感がある。ひたすら座に加わり、「付かず離れず」を呪文のように唱えながら、修練を重ねるしかないのだろう。

時には、「楽しさ」が「苦しさ」や「悔しさ」に、「やさしさ」が「難しさ」に変ることもあるに違いない。しかし諦めずに、この道を歩んでいくしかないのである。「惚れた弱み」ということなのか。

3 「捌き」にまかせて

私の「連句」という「言葉遊び」との縁は、もう十年近く前になるが、「見学」というふれ込みで、ある連句会の「座」に同席させてもらったことに始まる。

この「座」には、後に師と仰ぐことになる「健悟さん」「丁那さん」「葦生さん」がいた。場所は北千住のとある居酒屋。ここに出向いたのは、少し先輩のSさんと、まったく連句初体験のNさんと私だった。

しばらくは先生たちが句を付け進めるのを眺めていたのだが、「…せっかくだから付けてみませんか」と声がかかった。しばらくためらった後、おそるおそる短冊に書いて提出する。

ひとつだけ覚えているのは、「老人と海胆歯には優しく」という、七・七の短句。海胆が春の季語だということは知っていた。ところが、「老人は表には出せない決まりがあります。親方でいかがですか?」と「捌き」の先生に指摘されてしまう。ヘミングウェイの名作『老人と海』にかけた案は却下となってしまった。私の連句デビューはこんな感じだった。もちろんこの時は、「前の句に付ける」ことも「転ずる」ことも、まったく意識の外にあった。初めは「捌き」の言葉に従って、さまざまな決まりごと「式目」を、少しずつ覚えていくしかないな、と思った。かなり面倒くさそうだけど仕方がない…。

連句の「座」にはかならず「捌き」という進行役がいる。もちろん経験豊富な先輩。初心のころはこの「捌き」の指示に従って句を付けていくしかない。例えば…


「…ここは秋の句をもう一句、短句です」

「…次は雑の句(季語を使わない)長句でどうぞ」

「…そろそろ恋の句がほしいところですね」

「…月の句をどうぞ。普通、月といえば秋です」

「…さあ、花の句です。花といえば桜です」

こうした助言に従って、詠んでいけばいい。もちろん「付け」と「転じ」は常につきまとうのだが…。

「捌き」には、連衆の出した句を、式目などの規則にてらして修正するという役割もある。これを「一直」（いっちょく）という。この手直しによって句が生まれ変わることがある。中には不満に思う人もいることも確かである。

こんな話がある。「一直」された結果、残ったのは「かな」という切字だけだった、という。まあ、こんなケースはめったにないことだが、こんな「楽しくないこと」にも耐えて、慣れていくのが、連句修行であり、「楽しさ」につながる道といえるのかも知れない。

なお、「…かな」「…や」「…けり」などは「切れ字」といって発句に主に使われる。

（砂南）

二章　時代時代に——連句の来た道

1 日本詩歌の源流

連句と俳句は俳諧から出ている。俳諧は連歌から出、連歌は和歌から出ている。時代の順に言えば、和歌から連歌が出、連歌から俳諧が出、俳諧から連句が出、俳諧の最初の句である発句から俳句が出たと言えばよいであろうか。

さて、その俳諧がどのようにして登場したのか、日本の詩歌の流れの中で辿ってみるのも、現在の連句の位置を知る手がかりになるのではないかと思い、少しおさらいをしてみたい。

大まかな言い方であるが、日本詩歌の源流を、大方は万葉集としているのに異論はないであろう。また、その源流の最初にあげられるのが、出雲神話のヤマタノオロチ伝説に出てくる、須佐之男命の歌「八雲立つ…」である。

八雲立つ　出雲八重垣　妻籠に
　八重垣作る　その八重垣を

これはヤマタノオロチを倒し、櫛名田比売を妻として住まいを造る須佐之男命の新婚の喜びが湧き出ている歌である。素朴であるが巧みな修辞であると思う。この歌の出てくる古事記や日本書紀が編纂されたのは、万葉集の完成に先立つこと七十年ほど前である。

万葉集

万葉集は、七世紀から八世紀後半にかけて、全国から集められた歌を編纂した日本最古の歌集である。全二十巻、歌の数四千五百首以上の大事業であった。雑歌、相聞歌、挽歌に分類され、いずれも、五音と七音を重ねる、短歌、長歌、旋頭歌等、様々な詩形で収められている。この中には、上句を一人が詠み、下句をもう一人が付ける掛け合いのような問答歌、贈答歌が含まれており、連歌の萌芽形態を思わせるものもある。作者は天皇から防人まで網羅し、額田王、山上憶良、柿本人麻呂など、後世にまで語り継がれる有名な歌人のものも多い。最終編者は、大伴家持と言われている。

表記は万葉仮名と言われる特徴のあるもので、漢字の意味を借用して当てたり、漢字の音だけに当てたりとしている。その漢字を、略したり崩したりして出来たのが平仮名と片仮名であるから、万葉集は、日本詩歌のすべての源流と言ってもよい。

二十一代集

この和歌を集めて編纂するという事業は、歴代の天皇、上皇の命による勅撰和歌集として引き継がれてゆくのであるが、十世紀から十五世紀中ごろまで、五百有余年にわたって続けられた。古今和歌集から最後の新・続古今和歌集まで二十一代集と呼ばれるもので、当代きっての歌人が撰者となり、各和歌集とも千首から二千首以上の和歌を収録している。この長きにわたって連綿と歌の中に使い続けられた言葉は、新しい詠み手によって意味を積み重ねられ、イメージの重層性を獲得していったものと思われる。この歌言葉を受け継いでゆく伝統の中に、四季の移ろい、人間の生死、世の無常に対する日本人の心性、感性が培われ、日本人の美意識が形作られていったのではないかと思われる。

七五調と八六調

万葉集も二十一代集も、日本の詩歌のリズムは七音と五音を重ねてゆくのを基本としている。五音と七音は流れがよく、滞らない。それでいて情緒、感情を盛り込みやすく詠嘆調ともなる。短歌は五七五七七であり、長歌は五七五七と長くつづけ、最後を五七七と結ぶ。旋頭歌は五七七を二回繰り返す。

面白い説がある。七五調は八六調の一音を休止としたものという。すなわち、八六調の「なになになになに　なになになに」を「なになになにな♪なになな♪」とすると七五調となる。その一拍休止の無音が余韻となるのである。「や」「かな」など俳諧の発句の切れ字は、この余韻の効果をさらに高めるためのものではないかというのである。瞠目すべき説であると思う。

沖縄には、琉歌（琉球歌）という八六調の定型詩がある。八音を重ねていって、最後を六音で留めるのである。ここで紹介するのは、沖縄の那覇にある珊瑚舎スコーレというNPOの学校が中等部、高等部、専門部のほかに併設している夜間中学に入学し、三年間の勉学のあと卒業するにあたっての詞で、珊瑚舎での日々の感想とともにウチナーロ（沖縄の言葉）で詠んだものである。掲載にあたっては珊瑚舎スコーレのご協力をいただいた。

「珊瑚舎へおそるおそる入学してはや三年。もう三年にもなるのに、まるで人ごとみたいに実感がわきません。長い間はりつめていた心のわだかまりが溶け始めました。これもひとえに学び舎の道を開いて下さった校長先生や関係者の先生方のたまものと、言葉ではいいつくせない気持ちでいっぱいです。珊瑚舎での日々は、心やさしいりっぱな先生方や仲間にもめぐり合い、いろんなことを体験させて頂きました。毎日が楽しい学園生活でした。そこを去るにあたり、長い間の心のあゆみをウチナー口でつづってみました」。

Y・Yo　夜間中学

戦争世のたみに　墨ならん我身や
人に生まりとて　他人並んならん
情けある恩師　学舎ゆ作て
我したくぬ仲間　心はりばりと
学ぶうりしゃ　いちんいちまでぃん
沙汰ゆぬくさ

歌意は、

「戦争のため勉強が　できなかった私。
人に生まれたのに　人並みのこともできない。
情けある恩師が　学校を作ってくれた。
私たち仲間は心も晴れ晴れとして　学ぶ嬉しさに包まれている。
いつまでもいつまでもこの沙汰を伝え残しましょう。」

ウチナー口の読み方は、

「いくさゆぬたみに　しみねらんわみや
ひとにんまりとてぃ　ゆすなみんねらん
なさきあるうんし　まなびやゆちゅくてぃ
わしたくぬしんか　くくるはりばりとぅ
まなぶうりしゃ　いつぃんいつぃまでぃん

さたゆぬくさ」

（星野人史『人は文章を書く生きものです。』より）

八音を重ねたことばの連なりは、三線にのせて唄われると切々と胸に迫ってくるものがある。沖縄には、戦争のため学校に行けなかった沢山のおじい、おばあがいる。珊瑚舎スコーレの星野さんは、そういう方たちと学ぶ楽しさをともにしようと夜間中学をつくった。そして、中学卒業という証書の授与が認められた。二〇一一年卒業にあたってこの歌を詠まれた方は女性で、当時七十一歳であったという。

2 連歌の成立

連歌は五七五の上句に、別の人が七七の下句を付ける。初めはこの対句だけの短連歌というもので、十一世紀あたりからおこなわれていたものが、鎌倉から室町にかけて盛んになり、複数の参加を得て句数も必然的に増え、百韻、五十韻という長連歌に発展した。それとともに、付け句に必要とされる種々の諸式も整備されていった。いわゆる式目である。

前述したように、この歌型式はすでに万葉集にも問答歌などに現われているが、連歌の元になったと言われているのは、倭建命と御火焼翁の唱和問答とされている。それが、筑波の地を詠んだことから、連歌を「菟玖波の道」と称していた。先に、和歌の最初のものとして須佐之男命の歌を載せているので、連歌も最初のものとされている歌を載せておくと、

倭建命

新治筑波を過ぎて

幾夜か寝つる

御火焼翁

かがなべて夜には九夜
　日には十日を

＊「かがなべて」は「日々を並べて」の意

であるが、音数は五七七五七七に近い。唱和問答の最も古いものとして、連歌の源としたのであろう。

十四世紀になると、連歌は和歌と同じように広くゆきわたり、公家のみならず武家の嗜み、教養ともなっていった。連歌師も登場し、貴族の邸や寺社の法会の行事の際には、連歌が興行されている。

勅撰和歌集と同様、連歌も準勅選連歌集が編纂されたのが、十四世紀半ばの菟玖波集で、連歌師としても著名な二条良基らが撰者となっている。さらに、宗祇らによって新撰菟玖波集（一四九五年）が編纂され、、和歌をも凌ぐほど盛んであったという。

連歌と同じく盛んになったのは能楽で、観阿弥、世阿弥が出て完成し、室町時代の二大遊戯となっている。幽玄の世界を現出する能楽は、中国などの音楽、演劇の「序破急」の理論が取り入れられている。序では初めは静かにおこし、破では大いに華やかに、急では平穏におさめるというもので、この理論は連歌、俳諧にも受け継がれ、ストーリー性を持たない連句の唯一の構成要素となっている。

水無瀬三吟百韻

和歌の伝統を継承している連歌は、宗祇によってその理念、形式ともに完成を見たと思われる。連歌への心構えについて、「長高く幽玄にして有心なる心」と宗祇は言っている。「句を付けるに際しては、位を高くもち、幽玄を表わし、余韻を大事にする心で」ということであろうか。宗祇の残した作品は数多いが、有名なものに「水無瀬三吟百韻」がある。

雪ながら山本霞む夕べかな　宗祇
行く水とほく梅にほふ里　肖柏

川風に一むら柳春見えて　　　宗長

発句から第三句までよく知られている。この連歌は寺の行事に招かれて、弟子の肖伯、宗長と三吟で百韻を巻いたものであるが、この時代の連歌の到達点をあまさず表わしていると思うので、少し分析してみた。

先ず、春秋の句が多いのに驚く。百韻中、春十六句、秋二十四句で、冬は五句、夏に至っては一句しかない。いかに春秋の景趣を愛でていたかよくわかる。月花はそれぞれの「折」に出されている。恋の句は十句、無常の句も多いが、特筆すべきなのは叙景句の多さで四十六句とほぼ半分もある。であるから、使われる語も偏重がある。例をあげると、「山」が一番多く十句に使われ、「風」七、「露」六、「里」「野」「道」が各五、「霜」「舟」が各四という具合である。これだけ使われると、百韻となれば輪廻（前の句にイメージが戻る）になってしまいそうであるが、練達の連歌師らしく同じ語を使っても同じ情景にならないように工夫されている。しかし、このように叙景句が多いと百韻は長すぎるきらいがある。叙景句はボルテージがどうしても低くなり、やや冗長の感が否めない。

それに対して、恋句、無常句などの人情句は精彩があって面白い句が多い。修辞的には、「…らん」の多用が見られ、百韻中十一句もある。「らん」は、断定せず推量の余韻を残す助動詞であるが、宗祇の「長高く幽玄にして有心なる心」を表現するのに適していて、一種の流行であったのかもしれない。

3　連歌から俳諧へ

連歌も和歌の諸式に則って和語で歌われる。こうして連歌が広く行われ、町衆の中にまで降りてくると、万葉以来の伝統的な和語に飽き足らず、自らの生活実感を詠みこもうと思うのは当然の成り行きであったと思う。

貞門俳諧

松永貞徳によって俳諧への道が開かれるが、それは俗語、漢語、擬態語などの口語を取り入れて、自由闊達に生活の実感を表現しようとするものであった。

もっとも貞徳は、式目などのルールも簡略化して入りやすくしたのは、本来の連歌への橋渡しとして考えていたようである。付けの多くは物付という手法で、類語、縁語の多用が目立つ。これは前句の中の語に、「池」があれば「鮒」、「雪」があれば「鷹」という具合に縁語をもって付けるのであるが、こういう付合語を集めた『類船集』という辞典まであった。

連歌と俳諧との違いは、俳諧がひとえに伝統的な和語ではない俳言といわれる俗語、漢語、口語などを取り入れたことであるといえる。しかし、付けの手法が物付一辺倒であったことで、やがて飽きられてゆく。

談林俳諧

貞門俳諧の句風に飽き足らず、関西で西山宗因、井原西鶴などを中心に興った、滑稽味にあふれ好笑的な句づくりで、一世を風靡したのが談林俳諧であった。付けは物付に対して、前句の意味を見極めて付ける心付、または句意付と言われるもので、自由奔放な句風であったが放埒に流れるきらいがあり、飽きられていったようである。

4 芭蕉の俳諧

芭蕉も、貞門、談林の波を潜っている。芭蕉は俳号を変えていて、藤堂家に仕えていた時の俳号は宗房で、貞門の北村季吟に指導を受けている。

江戸に出てきてからは桃青と号していたが、談林の西山宗因に傾倒しており、宗因が江戸に下って来た時に、芭蕉も招かれている。この間に新興の俳諧師によって、略式であった歌仙形態の採用が進んでいた。

芭蕉もその先頭に立っていたものと思われる。連歌が庶民の間にまで広まって来た時、百韻、五十韻という長く時間がかかるものは無理になってきたのであろう。大店の番頭、手代と言えども、昼間は仕事があるのであり、夕方から一晩で巻き上げるには時間的な制約があったと思われる。現代の多忙な社会では、歌仙の半分の十八句からなる半歌仙の採用が多いのも同様の事情であろう。

一六八〇年、芭蕉は深川に退隠する。ここで芭蕉は何をしていたのであろうか。貞門、談林俳諧の限界を見て、歌仙形態の採用を決意すると同時に、物付、句意付とは違う独自の俳諧を探っていた。それが一六八二年に巻かれた「花にうき世我酒白く食黒し」で始まる、「花に浮き世」歌仙で、付けの手法はいままでの付けとはまったく違っていた。余情付の発見である。これは、前句の興趣、風韻、姿を見極めて、それに通い合う匂い付けであり、響き、移りの付けである。いかに前句を徹底的に理解するかが求められていたか、連衆の張りつめた様子を去来、許六などの門人が書き残した芭蕉の言葉に窺われる。「歌仙は三十六歩也。一歩も後に帰る心なし」「日々心を一新して巻く」など、俳諧の心構えを説いている。芭蕉自身は、「発句は門人の中、予におとらぬ句する人多し。俳諧においては老翁が骨髄」と、「発句の上手は自分のほかにもいるが、俳諧については自分が第一人者」であると言っている。芭蕉の強い自負が感じられる言葉である。

漂泊者の系譜

芭蕉が敬慕した西行、宗祇も一所不住を貫こうとして漂泊を希求した。

西行は世俗を離れて歌一筋につながらんとし、宗祇も旅に出られない不満を弟子たちにぶつけている。芭蕉もしばしば旅に出た。それが、郷里の伊賀への帰還から中京へまわった『野ざらし紀行』の旅であり、また近江、京都への度々の回遊であった。『奥の細道』で有名な陸奥への長旅は、一六八九年三月から八月にかけて、五か月に及ぶ大旅行であった。これらの旅は吟行の旅でもあり、自らの俳諧を各地の連衆に伝える旅でもあり、何よりも詩心を澄まし、新しい才能と出会うための旅でもあった。

先ず、「野ざらしを心に風のしむ身かな」で有名な『野ざらし紀行』で中京にまわった芭蕉は、名古屋の俳人野水らと五つの歌仙を巻く。『冬の日』である。『冬の日』の冒頭の歌仙は、「狂句こがらしの身は竹斎に似たる哉」の芭蕉の発句で始まる「狂句こがらしの」の巻である。

竹斎とは、後世の『東海道中膝栗毛』の元になったような戯作文学で当時ベストセラーであった『竹斎』という物語の主人公の藪医師で、供のにらみの介と京から東に下る道中のあちこちで騒動を起こしては狂歌を詠み散らし、最後には京に逃げ帰るという人物である。名古屋にも立ち寄ったとある。

中京の連衆は江戸の高名な俳諧師を迎えて、緊張している様子であったが、芭蕉は自分はその竹斎のような身でございますと、名古屋の連衆に挨拶したのである。この異様な発句に戸惑ったであろう脇の野水の句は、「たそやとばしるかさの山茶花」（笠に山茶花の花を散らして来られた風流なお方はどなたでしょう）といぶかしげである。この巻には、芭蕉に対抗心を隠さない連衆もいて緊張した心の動きもよくわかり、人気のある歌仙である。

京、近江では、芭蕉はあちこちの庵に身を寄せている。この間、芭蕉は京と膳所を行き来して歌仙を興行しているが、去来の招請を受けて夏の京都で巻いたのが、有名な「市中は物のにほひや夏の月」で始まる去来、凡兆との三吟である。（この「夏の月」の巻については、七章に歌仙「夏の月」（『猿蓑』）として作品鑑賞をしているので参照していただければと思う）。

『奥の細道』は、前に横たわる長大な旅を前にして、芭蕉の気持ちの高ぶりが、出立の序文によく表れている。

月日は百代の過客にして、行かふ年も又旅人也。舟の上に生涯をうかべ馬の口とらえて老をむかふる物は、日々旅にして、旅を栖とす。古人も多く旅に死せるあり。予もいづれの年よりか、片雲の風にさそはれて、漂泊の思ひやまず……

序文の文末にある、深川の芭蕉庵を出る際の「草の戸も住替る代ぞひなの家」、筆立ての「行春や鳥啼魚の目は泪」も、つとに有名である。

江戸から鹿沼、日光、白石、仙台、松島から、山形を経て越後、北陸をまわって大垣に至る六百里の長旅であった。この間に、「あらたうと青葉若葉の日の光」「夏草や兵どもが夢の跡」「五月雨をあつめて早し最上川」「荒海や佐渡によこたふ天河」など、よく知られている多くの発句がちりばめられている。

芭蕉が残したとされる発句は一千句弱といわれているが、「奥の細道」では曽良の八句、低耳の一句、芭蕉五十三句となっていて数も多い。

一六八四年から一六九四年の十一年間の数々の旅が、また新たな心境を芭蕉にもたらしたようである。観念的な句作りを「重み」として排し、日常の具象化で人生を詠みこみ表出させる「軽み」への転換であった。

一六九一年（元禄四年）江戸に戻った芭蕉は、許六、野坡、支考の入門を得て、『炭俵』『続猿蓑』で、「軽み」の実践、完成を試みている。

芭蕉七部集として残された撰集は、すべてこの十一年間に巻かれたものである。すなわち、中京で巻かれたのが『冬の日』『春の日』『阿羅野』であり、京で巻かれたものが『ひさご』『猿蓑』、そして江戸でのものが『炭俵』『続猿蓑』である。『続猿蓑』は芭蕉の死後の刊行となった。

一六九四年、芭蕉は江戸を出て帰郷の旅に出る。伊賀から近江を経て京に入り、九月大坂に向かう。大坂に着いて病を発し病をおしてなお俳事を勤めたが、床に臥し、十月に没した。五十一歳。まことに風狂の生涯を貫いた一生であったと言えよう。

　俳諧はその後低迷し、中期には与謝蕪村、小林一茶などの中興があったが、江戸末期ともなると、月並流と言葉が示す通りマンネリズムに陥り衰退していった。芭蕉の「この一筋に」つながるという風狂の精神を失っては必然のことであった。ひろく流行り廃りのある芸能には、常に新風を必要とするのである。

5　月並と子規

　この月並に陥った俳諧や点取り俳句を、烈しく攻撃したのが正岡子規である。花鳥風月に代表される、伝統の枠を一歩も出ずに安穏としていることを嫌い、写生をもってすべしと言っているが、自分の目で見、心で感じよと言っているので、主張自体が間違っているわけではない。ただ、その問題点は、西洋文学の個人の世界観の全的表出を芸術としてみるあまり、俳諧のもつ独自性である「付ける」という表現行為を軽視して顧みなかったことである。「一歩も後に帰る」ことなく、前へ前へと付けて転じる中に現出する俳諧（連句）の言語空間が、芸術の高みに達していることの理解がなかったのではないかと思うのである。

明治においても、連句を排さなかった文人もいる。幸田露伴は芭蕉七部集の評釈を試みて、芭蕉の歌仙の解釈と詳細な注釈を残している。

また、科学者であり俳人でもあった寺田寅彦は「連句雑俎」（昭和三年〜六年「渋柿」）で、連句の西洋文学との違いを論じ、連句と音楽を対比し、更には連句と夢を対比してその類似性を論じ、連句の性格を明らかにしようとしている。そして、種々の提言に、「未来の連句」がどうあるのか、その橋渡しをする意図がうかがわれる。世界に例を見ない、連句という文芸をつくりあげた日本人の、西洋の合理的、論理的思考とは対蹠的な心性と思考様式にまで言及していて興味深い（三章参照）。

正岡子規の俳句の弟子であった高浜虚子は、さすがに子規の「発句は文学なり、連俳は文学に非ず。……歌仙行は三十六首の俳諧歌を並べたると異ならずして…」は、行き過ぎと思ったのであろう。「連俳」「聯句」を「連句」と言い直して、連句擁護論を書いている。このあたりから「連句」という用語が定着していったとされている。

これら先人たちの連句への貴重な肩入れが、連句を途絶から救ったと言ってもよいと思う。

連句は明治以降低迷していたが、近年になって連句固有の集団詩としての性格が見直され、東明雅、安東次男など実作を伴う研究者らによる芭蕉の再評価が進んだ。また、現代における情報革新により、ネット上で連句を集団で作ることが可能になったことから、世界のどこにいてもヴァーチャルな座を共有することもできるようになった。連句の可能性と再評価の機運が、今までになく高まっていると言えるのではないだろうか。

芭蕉は「不易流行」を唱えた。本質は変わらず常に新しい風を取り入れて流行させる、という連句の固有のベクトルから見れば、あたらしい衣装をまとうのも連句の要請と思うのである。

いま、現代詩人や歌人が何人か集まって連句を巻くことも始まっているが、好もしい限りである。巻き上げたものを是非公表して、広く多くの人が享受できるようにしていただきたいものである。

（半酔）

三章　連句はドラマだ——予測できないストーリー展開

「私がつくるのは〝三分ドラマ〟なんです」という詩人がいる。吉田旺。美大を出て歌謡曲の作詞家になったという変り種だが、その道の大御所になった。売り出したのが「喝采」。ちあきなおみが歌って大ヒットした。だいぶ昔の話だが、彼の言葉には説得力がある。

「喝采」の歌詞を少し追ってみよう。黒い縁取りのある葉書きが届き、彼の死を知る。三年前の別れ。鄙びた町の教会で葬儀があり、その悲しみのあと、今日も恋の歌を唄い続ける自分がいる――。

まさに一人の女性の人生の断面を切り取った三分少々の「ドラマ」に違いない。

この詩がレコード（今はＣＤか）になるには、作詞家、作曲家、歌い手をはじめ、多くの専門家たちの共同作業がある。さしずめ作詞家はこの「ドラマ」の脚本家ということになるのか。いくつかの個性が集い、座を設け、一巻の「歌仙」を巻き上げる「連句」こそ、まさに「ドラマづくり」に他ならない。

1　連句のアウトライン
―どんな月が出て、どんな花が咲くのか

一章でも触れた（森羅万象を一巻に散りばめる）ように「連句」という言葉遊びは、一篇のドラマづくりである。「発句」に始まり「挙句」までの三十六歩、どんなストーリーが展開し、どんな収束を迎えるのか、「発句」「脇」の段階では全く予測ができない。

「歌仙」一巻の中には、この国の美の象徴である「花鳥風月」が詠み込まれる。どんな月が顔を出すのか、どんな桜（連句では「花」と表記される）の舞台が設えられるのか。あるいは紛争や災害や政治・経済問題も顔を出す。時代の流行《はや》り

物に材をとった句が出てくるかも知れない。宗教や「生老病死」が素材になることだってある。
「恋」の句も一巻に欠かせない。必ず出すという決まりがある。恋句のない一巻は「半端物」とされる。それは淡い恋なのか、濃密なきわどい恋なのか…。もっとも、一巻の始まり（表の六句）にはそんな物騒な素材は避けるということになっている。（発句だけは何を詠んでも許される）。

ここで「連句」とは何か―そのアウトラインを簡単に整理しておく。
・何人かの（三人から七人くらい）同好の士（連衆）が集い、「座」を囲んで句を付け合う、創作を伴なう「言葉遊び」のことである。
・長句（五・七・五）と短句（七・七）を交互に詠んでつなげていく。
・基本は三十六句（歌仙と呼ぶ）だが、その半分の十八句（半歌仙）が、手軽なためによく行われる。他にも多くの形式があるが、これは後でふれる。
・出だしの句（長句）を「発句」、次の句（短句）を「脇」三句目を「第三」、最後の句を「挙句」と呼ぶ。
・季語を入れる句と季語を入れなくてもいい句（雑の句と呼ぶ）を織り交ぜて詠み進んでいく。その比率はほぼ半々である。
・この三十六句の中には、春夏秋冬の句を詠む場所があるのだが、中でも「定座」といって「花の句」と「月の句」を詠む場所がほぼ決まっている。
・歌仙の場合「二花三月」（花を詠む場所が二ヶ所、月を詠む場所が三ヶ所）となっており、半歌仙は「一花二月」となる。
・「恋の句」は一巻の中に二、三ヶ所（何句か続ける）。必ず詠まなければならない。
・「時事句」なども随時織り込んでいく。
・歌仙三十六句など挙句まで仕上がったものを「一巻」と呼ぶ。

2　伝統的な連句のかたち
―「懐紙式」という歌仙の構成

昔から歌仙「三十六句」の清書は「懐紙」と呼ばれる和紙を使った。二枚の表と裏、四つの面に句を記すのだが、その書き方に一定のきまりがあり、これが歌仙構成の基準となり、これを「懐紙式」と呼び習わしてきた。（図参照）。

・一枚目の懐紙（初折）の表に六句、同裏に十二句。
・二枚目の懐紙（名残の折）の表に十二句、同裏に六句。

初折の六句を「序」、その裏の十二句と二枚目の表の十二句を「破」、その裏の六句を「急」として、リズムをつけて詠むとされるが、これは初心者には無理難題。慣れてくれば自然に身につくもので、初めはゆったり構えていたい。

この伝統的な構成法に対して「非懐紙」と呼び、これに縛られることなく全く自由に「言葉遊び」を楽しんでいるグループもある。

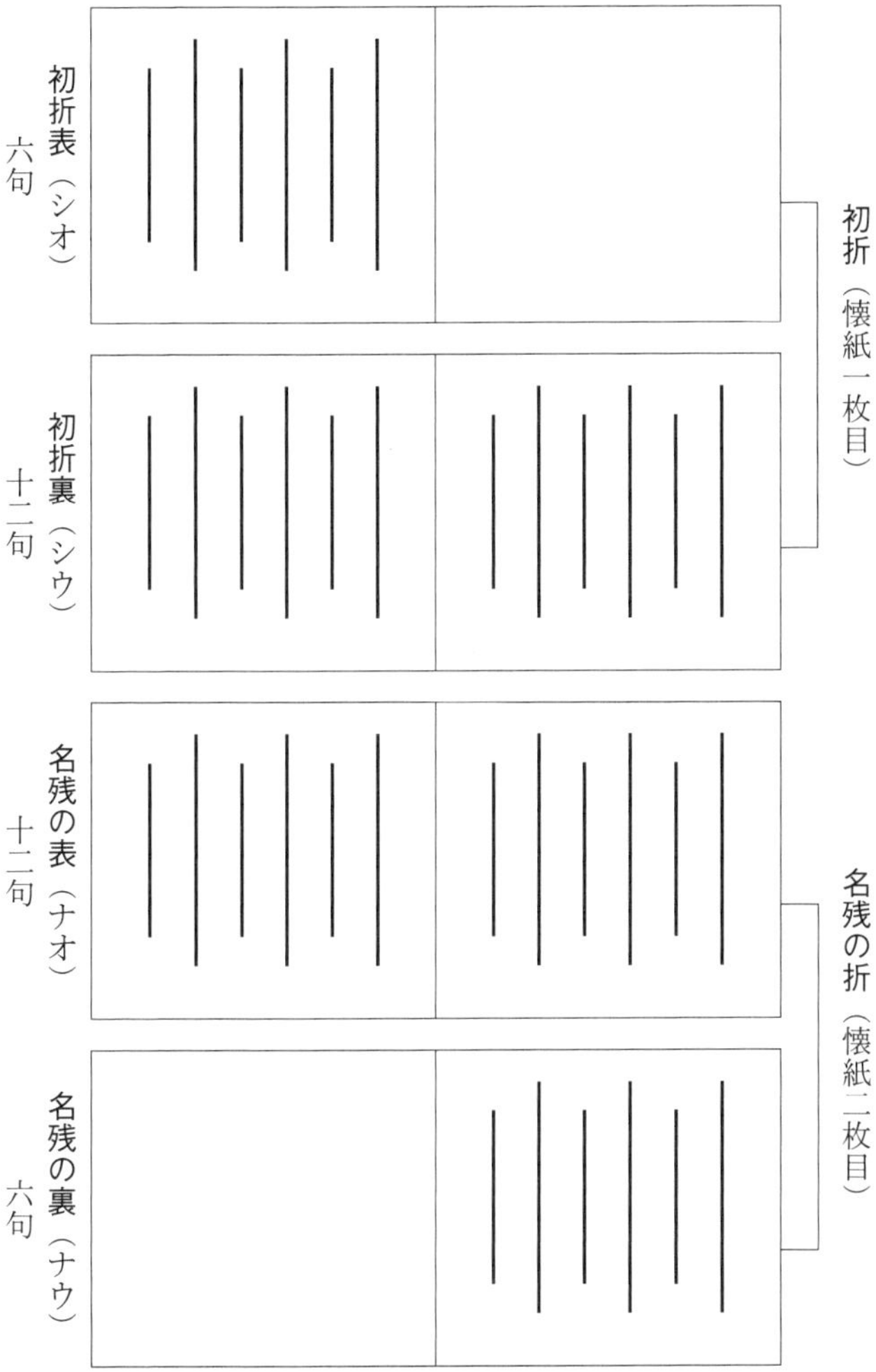

「懐紙式」のイメージ

3 「序破急」と「起承転結」
―あらゆるドラマに共通するこころ

古の舞楽が起こりとされる「序破急」は、その形式上の三区分のことで、これが後に能や歌舞伎などの古典芸能に採用されるようになった。静かにゆっくりと始まる「序」、そして「破」で思い切り転調し、「急」では再び静かにテンポをあげて、収束へとむかう。

一方「起承転結」は、漢詩の絶句がその起こりとされ、起句で謡い起こし（起）、第二句がこれを受け（承）、三番目の転句で詩境が一転し（転）、四番目の結句で全体を結ぶとされる（結）。しかし、この両者の基本精神は全く同じと考えられる。「連句」も「序破急」のリズムに乗って詠み進むものといわれる。

映画や演劇においても、幕開きと同時にドラマはゆっくりと静かに始まり、次の展開を暗示させるにとどめる。そしてこれを受けてストーリーが少しずつ展開し、波乱万丈のクライマックスを迎え、急テンポで結末に至る。

世界随一の独り話芸である「落語」もそうだ。始めに「まくら」がある。これが「序」、軽妙で的確な「まくら」から、スムーズに噺の本題に引き込んでいく。優れた芸人に共通している資質だと思う。

映画や芝居の脚本も同様に、この二つの「精神」をふまえている。私は映画の場合、ファーストシーンとラストシーンが強く印象に残るものが、優れた映画だと評価しているのだが…。

「和魂洋才」の物理学者、随筆家、俳人としても多くの作品を残した寺田寅彦（1878〜1935）は、学問を道楽として享受した人であった。その研究対象は、尺八、椿の花の落下、そして「線香花火」にまで及んでいる。その線香花火の研究では、こんなことを書いている（備忘録・1927）。

「…この線香花火の燃え方には〝序破急〟があり、〝起承転結〟があり、詩があり音楽がある」。

そう言われてみると、遠い夏の日に縁先でみた、あの小さな花火のパフォーマンスには、ドラマチックな驚きと哀しい余情があったように思われる。

すべての優れたドラマには、「序破急」と「起承転結」、この二つの原則が見事に息づいている。

4 寺田寅彦の連句論
―連句は「映画」であり「音楽」である

文人科学者・寺田寅彦は、熊本三高の学生時代に先生（夏目漱石）から俳句の手ほどきを受けている。その師弟関係は東京帝大時代も続く。寅彦は俳句にとりつかれ、当然のように、芭蕉研究から「連句」を知ることになる。

そして、帝大の同期で漱石先生の兄弟弟子ともいえる二人（独文学者・小宮豊隆、俳人・松根東洋城）と親交を深める。やがて三人は「連句」の魅力に目覚め、意気投合する。

寅彦はこの二人と数多くの歌仙（両吟または三吟）を巻いて遊んでいる。その熱中ぶりは、遊びの域を超えていたと評される。

三人で巻いた連句作品のみならず、寅彦は「連句雑俎」に代表される連句論や連句随想も数多く残している。寅彦は、日本古来のものに強い愛着の心を抱いていた。その一つが「連句」であった。ここに、膨大な論文、随筆の中から「寅彦語録」として、そのいくつかを紹介させていただく。それは、どれも示唆に富んでいる。

・「…発句が一枚の写真であれば、連俳は一巻の映画である」。
―つまり、連句は静止画（俳句）ではなく動画「ストーリー性のあるドラマ」と捉えているのである。

・「…映画芸術の理論で言うところの〈モンタージュ〉はやはり取り合わせの芸術である。二つのものを衝き合せることによって、全く別の結合音ともいうべきものが発生する。映画の要訣であり、俳諧の要訣である」。

—そして、この取り合わせの技法が最も力を発揮するのは、連句の付け合いにおいてなのだ、と結論づける。

・「…連句は文学であるよりは、より多く音楽である。シンフォニーの四楽章の構成は、決して偶然なものでなく、漢詩の起承転結に現れ、戯曲にも小説にも用いられる必然的な構成法である。連句ほど構成要素が音楽的な点からみて、適切な比較を許すものは他にない」。

・「…連句は詩の連鎖であり、象徴をもって編まれた音楽である。音楽の三要素、リズム、メロディ、ハーモニーを存立要件に、一巻が渾然とした一楽曲を構成する。色々な個性が交響楽を織り成すところに妙味がある」。

・「…あまりに美しい和弦が連行すると、単調になり退屈する。適当に不協和音を挿入することによって、曲に変化と活気が生じる。連句においても同じである」。

—つまり、逃げ句（遣句）の必要性を説いているのだ。

・「…例えば、日本の生花や造園の芸術でも、やはりいろいろなものを取り合わせ、付け合せ、モンタージュを行ってそこに新しい世界を創造する」。

—茶道における茶室の作りも同じではなかろうか。

・「…俳諧は我国の文化の諸相を貫く、風雅の精神発現の一相であろう。風雅とは、自我を去ることによって得られる心の自由であり、万象の正しい認識である」。

—この見解については、次章の連句における「マナー」にも通じる。

題名もストーリーも忘れたが、ぬかるんだ道を兵士たちの行進が続く、泥靴のアップに続いて道端に咲く可憐な花が写る。再び兵士の隊列、花にとまる蝶…。

これがモンタージュなのか？　この映画の作者が、何を訴えようとしたのかがおぼろげながら解るような気がした。

音楽でいえば、三人から五人の小編成のモダンジャズのコンボの演奏を連想する。様々な個性を持つ楽器が響きあって感動を盛り上げる。しかも、それぞれの楽器のソロがアドリブ（即興演奏）で入る。「連句」に似ているように思える。

5　なぜ、花は桜だけなのか

―雪の「定座」もあっていい

「歌仙」には「花の定座」といって「花（桜）」を必ず詠まねばならない場所が二ヶ所ある。「…なぜ桜と書いてはいけないのですか」という質問を受けたことがある。「昔からそういう決まりになっているから。式目にそう書いてあるから」としか答える術がない。

しかし、春には桜以外にも沢山の花が咲くのに、出番が少ない。それが決まり事とはいえ、歌仙（三十六句）には二ヶ所の「花の定座」がある。それなら一ヶ所は違う花ではいけないのか。（初折の花を「桜」と表記してある連句作品を見たことがある）。

もう一つ、この国の美を象徴する「雪月花」という言葉があるのに、なぜ「雪」の「定座」がないのかという疑問である。このあたりはもう少し柔軟に考えてもよいのではないかと思う。

かくいう私も初心の頃は、「捌き」のいうがまま、ある意味「式目」が染みついていたようだ。こんな疑問を抱いたのは、ずっと後のこと。今の私はその「座」に集う「連衆」の賛同が得られるなら、そんな変更を試みてもいいのではないかと思っている。

「式目」は、連句の「道しるべ」として尊重する一方で「こだわるなかれ、縛られることなかれ―」。もっと自由に楽しんでいいと思うのだが……。

6　奥が深い「連句ワールド」
――職人の道と同じ、終わりがない

「連句」の世界は極めて広く奥が深い。勉強すべきことはヤマほどある。入り込んだらきりがない。楽しんでいるうちに、いつの間にか深い森へ迷い込むが如きである。まあ、これはどんな「道」でも同じかもしれない。

いろいろな職人たちや芸人（一部お笑い芸人は除く）たちが口を揃えるように、「これでいい」という境地に至ることはない。「道」のつくものはみな同じ。様々な武道をはじめ、茶や華や書もそうだろう。

「連句」の勉強。例えば、芭蕉、蕪村、一茶といった先人たちは、俳句にばかり目が行きがちだが、多くの歌仙を巻いている。その研究だけでも、容易なことではない。勿論学校の研究室ではないのだから、自ずと限度があるが、ざっとでもいいから、その作品群に目を通しておくべきであろう。

いま流行のアスペルガー症候群になりかねないほどの修行、稽古、勉強を積まなくてはならない。そうしないと上達（レベルアップ）は望めないという世界のようである。

そこには「道を極める」という醍醐味があるのだろうが、弓の世界にも、連句の世界にも「達人」と呼ばれる人はいるが、みなさん穏やかな微笑を忘れない。

まあそこまで思い込まず、まずは楽しめばいい、気の合う仲間と酒を酌み交わし、楽しい時を過ごす、それで満足。というならそれもいい、と思う。

そして、興味が湧いてきたら勉強を始める。楽しさの中に苦しさを求めればいい。各種武道や書のように段、級は連句にはないが、腕試しの機会はいくつもある。毎年実施される「国民文化祭」に連句部門があるし、ほかにもいくつかのコンテストもある。そこに参加（応募）するという道も開けている。

さて、いよいよ「連句」の実作に入ることにしよう。

（砂南）

四章　楽しくやろう――「連句」実作の進め方

「連句非文学論」の正岡子規は、「連句」についてこう述べている。「連句は知的連想ゲームに過ぎない。従って文学に非ず」。

私は逆に、「連句」はなぜ「文学」でなければならないのかと問いたい。子規のいう、「知的連想ゲーム」でよいのではないか、と思う。それでけっこうではないか…。

「連句」ほど楽しいものはない。なぜ、「文学」にこだわるのか、それが不思議である。

さて、その「ゲーム」を始めることにしよう。

1　まず「季語辞典」を一冊

俳句に季語が欠かせないように、連句にも季語ははずすことができない。歌仙三十六句のほぼ半数が、春・夏・秋・冬の「季語」を読み込む句なのである。月（基本は秋だが春、夏、冬の月が出ることもある）と花（春）の句を詠まなければならない「定座」というものもある。

季語は、歌仙三十六句に、山あり谷ありの変化と「めりはり」をつけるため、極めて重要な役割を持つ。俳句入門者や愛好家のために編まれた「歳時記」、「季語辞典」、「季寄せ」の類は、数多く書店に並んでいるが、「連句」に興味を抱いた方なら、『十七季』（三省堂）を薦めたい。

一年を十七の季に分けて季語を分類している。例えば、春なら、「三春」「初春」「仲春」「晩春」の四つに分け、「三春」は春季全体（二月の立春から五月の立夏の前まで）で使える季語を網羅する。同様の分類で春・夏・秋・冬の十六季、これに新年が加わり「十七季」となる。

そして『十七季』は、連句・俳句季語辞典と銘記され、その編著者は東明雅・丹下博之・佛渕健悟という連句界の重鎮たちである。連句入門者をかなり強く意識しており、連句に入門し、将来「捌き」の役を引き受ける時に役立つ「式目」についても、詳細な解説を試みている。「連句のバイブル」と評されている理由もその辺りにあるのだろう。実に中身の濃い編集内容となっている。

2　何人で始めるか

次に連句の座を囲む人数のことである。連句は本来、複数の同好の士（連衆）が集い、即興で句を付け進む言葉遊びであるから、通常は二人から六、七人くらいが適当であろう。二人の場合を「両吟」、三人を「三吟」と呼ぶ。

年齢、性別はもちろん関係ない。誰でも多少の詩心を持っているはずだし、酒を楽しめる人の方がいい（酒は飲み過ぎなければ潤滑油になる）。座を設ける場所は、町会の集会所でも、馴染みのカフェや居酒屋など、数時間貸し切りで使わせてもらえる所ならどこでもいい。

一人で「歌仙」や「百吟」を巻き上げてしまう「独吟」という特殊な形式もある。これは俳句と同様、個人作品となり、複数で共同作品を作る「連句」とは一線を画すものであろう。

実は私も一度だけ「独吟」の経験がある。六十一歳で亡くなってしまった友人を呼び出して、彼の書き残したものなどを素材にして「両吟歌仙」という形の「独吟」を試みた。しかし、いま読み返してみると、やはり平板で変化に乏しい、と思わざるを得ない。

やはり「連句」は複数人で遊ぶに限る。それぞれの個性がぶつかり合い、静かな火花を散らす「チームプレイ」の面白さを味わうべきであろう。

3　三つの付け進め方

「連句」の第一歩は、「発句」を決めることである。「客発句。亭主脇」といい習わされているが、これにこだわることはない。連衆が発句を持ち寄り、あるいはその場で作句し、互選する方式がよく行われている。

書記役を決め、出た句をランダムに無記名で清記する。これを回覧し各自点数を入れる。そして、高得点句をその場の発句とし、付け進めていく。その順番には、次の三つの方法がある。

①衆議版―連衆による「合議制」である。発句選びの時と同じように、付け句が出揃った所で、それを回し読みし評価の高い句が選ばれる。出句まで時間制限を設けるのが通例で、間に合わなかった人はあきらめる。

俺はこっちの句だ、私はこの方が好きだわ…などと議論百出して、座が盛り上がることは確かだが、やや時間がかかるのが難点といえる。

②膝送り—座った順に付け進む方法。発句に選ばれた人の左右いずれか。時計回りにすることが多い。捌き役がいれば相談して付け句を決め、次の人に回す。自分の番が回って来るまではひと安心。「仲間が苦吟する姿を見ながら飲む酒の味は格別…」という人もいる。自分の番になるとその立場は逆転するのだが…。最近はこの形式を採用している「座」が多いようである。

③出勝ち—早いもの勝ちの付け方である。この方式は捌き役の腕の見せ所となる。早い者勝ちとはいってもある程度の時間で締め切ることになる。パスすることも許される。連衆の付け句はすべて「捌き役」の手元に集まり、これを選定して付け進めるわけで、同じ人が続いてばかりでは興がさめる。全体のバランスを考えながら一巻を仕立てていく、捌きの力量が問われるのだ。

ここに「一巡」という決まりごとがある。発句に始まった連句、座に加わっている全員が一句を付け終わるまで、他の詠み手は遠慮する、というのだ。何とも奥床しいルールではないか。

4　ファックスやメールを駆使する
――「文音」（ぶんいん）のすすめ

「連句」は本来、同好の士が「座」を囲み、時間と場所を共有して、句を付け合って楽しむものだが、仕事を持っている方が加わっている場合などは、日時の調整が難しいという現実もある。欠席、遅刻が多くなり、やがて興がさめてしまう…。そんな多忙な現代人たちに好まれているのが、ファックスやメールを駆使する「文音」という方式である。全員が集まった席で「発句」と「付け順」を決める。三吟なら、ＡＢＣの繰り返し。四吟なら、ＡＢＣＤ、ＢＡＤＣを繰り返す。このように同じ人が長句ばかり（あるいは短句ばかり）にならないように、付け順が工夫されておりその通りに進める。

例えば三吟の場合、Ａ（発句）にＢが脇句を付けてＣ（第三）に送る。ＣはＢの付け句から一句を選び、それに付ける句をＡに送る。付け句は二句から三句。

出来れば切り口を変えた方が勉強になる。この作業を繰り返すのだが、自動的にそれぞれが「捌き」をしながら、付けていくことになる。時間がある人はすぐに付けて次に送る。現役の方はあくまでも仕事が優先。付けに追われることはない。いずれにしろ「座」における即吟よりは、時間をかけて推敲ができる。

歌仙一巻が目出度く挙句まで仕上がることを「満尾」あるいは「首尾」と呼ぶ。この後は、都合をつけて連衆が集い「反省会」を開く。発句を詠んだ人か最年長者が披稿（巻き上がった一巻を読み上げる）を行い、論議をして修正を加えることもできる。そして、確認しあうことは、常に新鮮な〈言葉探し〉を心がけよう、ということである。

もう一つ「文音」の大きな利点は、遠隔地にいる仲間とも気軽に連句を楽しめること。沖縄や北海道に住む同好の士も「座」に加わることができる。さらに、海外に住む友人たちとも連句ができる。国際色豊かな景色の一巻が巻き上がるかも知れない。「文音」は新しい時代の連句の手法として、より積極的に採用されるべきだと思う。

5 「発句」から「挙句」まで
―決まり事ワンポイント

連句は「発句」に始まり「挙句」で収束する。「発句」の次が「脇」、そして「第三」と続く。四句目以降を「平句」と呼び、ここに「花」「月」「恋」「時事」「雑」など「森羅万象」を詠んだ句がちりばめられる。それぞれ、どんな心構えで詠んだらいいいか、そのアウトラインをここに紹介する。

・発句―場への挨拶、即興性、格調の高さが求められるが、芭蕉は軽い発句を好んだという。切字（や、かな、けり、らんなど）を持っていることがよいとされるが、これも絶対ではない。表六句の制限も発句にはない。

・脇―発句に寄り添って詠む。同季、同場所が原則。

・第三―大きく転じて詠む。のびのびと、品位のある句がよいとされる。一巻のドラマがここに始まる。

・四句目―軽く詠む。下七の四、三と二、五は避けたい（短句に共通）。

・月の句―月を詠む「定座」が一応決まっている。通常、月は秋だが、春、夏、冬の月を詠む場合もある。

・花の句―これも「定座」がある。一巻のまさに華。花は桜と決まっていて、「花」と表記する。

・雑の句―季語を入れなくてもよい句。恋、時事、逃げ句などの出番。

・恋句―初折の裏と名残の表の二ヶ所に詠む。最低二句は続ける。初折の恋は淡白、名残りの恋は濃厚に。

・時事句―歌仙を巻いた時代背景がこの句でわかる。新聞の見出しのままにならないように。

・逃げ句または遣り句―付け難い句の時、軽くあしらう気持ちで、次の句が付けやすいように、軽く詠む。

・挙句―目出度く一巻の締めくくりの句。春の句。なるべく後を引かないように、あっさりと付ける。平句より丈高く安らかに。先に作っておいてもよい。

前に式目は道しるべ、こだわることはないと述べた。季語についても同様に、季語辞典にあるものに捉われず、時代に合わせた「新季語」も積極的に採用していきたい。例えばヴォジョレヌーボー、内社式、第九など…。それは、新しい言葉の発見に他ならないのだから。

6　連句の「効能」と「マナー」
―そして「吟行」のすすめ

…まずは連句の「効能」から。

十年前、俳句と連句に目覚めた頃を思い出す。それまでは目に入らなかったモノが見えるようになった。例えば春先、公園沿いの道を歩いていて、桜の木があれば、膨らみ始めているその蕾に「もう少しだな…」と話しかける。小さな池には、白と黒で装った水鳥「キンクロハジロ」が浮かんでいる。夕焼けの美しさや、昇り始めた月の見事さにも感動を覚えた。

現代は季節感が薄れている。旬の野菜なども年中スーパーに並ぶ時代である。こんな時代だからこそ、自然と仲良くしたいと思う。連句をするようになって、季節の移ろいに敏感になった。自然への視野が広がり、詩心が養われたように感じられる。

…連句はひらめき力、直観力が養われる。前の句、その前の句をよく吟味し、全体の流れを読み、付けて転じて詠むという基本原則がある（一章）。何に目をつけ、どんな言葉を選ぶかを、高速で判断しなければならない。これは実生活でもきっと役立つ。発想が柔軟にもなる。

感性が磨かれ、想像力が豊かになっても、それを言葉（文字）に表現しなければならない。常套句は使いたくない。言葉選びの厳しさが磨かれる。いい加減な表現（言葉）でお茶を濁すことは避けたい。そんな決意が連句で育まれる。

…たびたび弓道を引き合いに出すが、今は取り壊されマンションの建設が進む古い道場には、「弓道の意義」と題する道場訓が掲げられており、稽古の始めと終りにこれを唱和する決まりがあった。その末尾は「…生活内容を豊富にすることにある」と締めくくられていた。

連句もまさに、人生が豊かになることは間違いない。「個人プレー」ではなく「連携プレー」だから、相手を立てたり、譲り合う協調精神も養われる。

これは次項のマナーにも通じるのだが、人や自然を慈しむこころを持てば、強者、弱者を問わず世のすべてに対して、水平の目線で接することが出来るようになる。

「俳句脳」と同じように「連句脳」が自然に育つ。すべての現象を五・七・五、七・七の言葉にしてしまうクセがつく。これが「効能」といえるかどうかだが…。もう一つ、連句の効能として、多彩な連衆が集まるから幅広い知識（教養）が身につく。それと、脳トレになり、ボケ防止にも役立つ。これが一番の効能かも知れない。

＊

…次に「連句」をするうえでの「マナー」について。

こんなことをいう人がいた。「俳句は好きだけど俳人は嫌いだ」。極端な話だろうが、何となくわかるような気がする。私のわずかな連句体験の中でも、「もう付き合いたくないな…」と思う人が何人かいらっしゃる。

こうした人間関係の難しさは、どんなサークルでも、一般社会にも共通する、社会常識であり、マナーでもある。先輩ぶった上から目線はいけない、私の自戒である。

繰り返すが、連句は座に参加した人（連衆）の共同作業である。出来上がった一巻は「共同作品」となる。だからこそ「マナー」が不可欠となる。その要点を以下に。

・「座」のメンバーへの気配り、思いやりが必要。
（苦吟している方に、付けのヒントを提供する、助け舟を出す）。
・句の内容については正面から批判しない。
・自らが絶対正しいと主張して、他を排除しない。
（謙虚であれということ。最も大事なマナーである）。
・即興性、リズムを大事にする遊びだから、あまり長時間の苦吟は避ける。
（不満足と思っても諦めて、捌きに委ねること）。

…ここに佛渕先生の「連句の心得」を紹介させていただく。

―連句は一巻に「我」をはめ込む行為ではない。自他の分別を越えていく、高次の自我を体験できるところに、真の満足がある。

深い言葉である。これは容易なことではない。この境地に至るには相当な修行が必要であろう。

＊

最後に「吟行」のすすめ、である。

ある年の正月、佛渕先生から「浅草吟行」のお誘いを受けた。その葉書には次のような一文があった。

…机上で仕立てるだけでなく、外気にふれ、嘱目にふれながらの句作は、言葉とモノの切り結びという点からも、貴重だと思います。

恥かしながら、「嘱目」という言葉とは初めての出会い。辞書を引いた。―俳諧で兼題、席題ではなく、即興的に目にふれたものを吟じることの意味。これを知らなくてどうする！

吟行といえば、今考えると夢のような、一泊二日の「連句吟行」を経験したことがある。連句を始めて二、三年の頃、場所は土浦の国民宿舎。何と佛渕先生を迎え、参加したのは千住連句会の新人五人だった。

発句は事前に各自が、書記役のＳ氏に送り、清書をしておいてもらった。往きの電車の中から選句が始まり、土浦の蕎麦屋での昼食の時に発句五句が決まった。こんなに巻くのか、と驚いたが、先生の腹の中には、今回の吟行で歌仙一巻、半歌仙三、四巻という目論見があったらしい。

宿に着き、晩飯前に先ずは先生の講義、芭蕉が弟子たちと巻いた歌仙「市中は」の巻だった。ひと風呂浴びて晩飯後、先ずは歌仙に取り掛かる。勿論捌きは佛渕先生。出勝ちという形式であったので、連衆は勇んで付け句を出し、素早く捌かれて進んでいく。

確かその晩で歌仙一巻を巻き上げた、と記憶する。翌日は半歌仙四巻の同時進行（これは膝送り）。霞ケ浦の遊覧船に乗り、近くの神社・仏閣を巡り、観光を楽しんだが、頭の中は付け句のことでいっぱいだ。喫茶店での一服で「付け」、蕎麦屋へ入れば、丼の隣に短冊が並ぶ。まさに「連句」にどっぷりと漬かり、寝る、歩く、食べる以外の時間は連句をしているという、一泊二日の連句吟行。その成果は歌仙一巻、半歌仙三巻半（未完の一巻は帰京後文音ですぐに満尾した）。今でも語り草になっている。（五章参照）

＊

もうひとつ。これは「効能」に入るかも知れないが、連句を趣味のひとつに加えて良かったと、つくづく思うことが二つある。先ずは、自分の句に見事な付け句をもらった時のよろこび。もうひとつは、一巻が巻き上がった時の達成感である。これは何ものにも替え難い。酒がことのほか旨いばかりでなく、人生の至福を感じる。

（砂南）

五章　いくつかの実作例──現代連句の主流から新形式まで

ひとくちに連句といっても多様な形式がある。百韻（百句）、五十韻、米字（八十八句）、源氏（六十句）などの長尺ものもあるが、時代に合わないのか、ほとんど行われていないようである。

やはり現代連句の主流となっているのは、芭蕉が芸術的に完成させたとされる、歌仙（三十六句）とその簡易版の半歌仙（十八句）であろう。身近なグループ「しゃれこうべ連句会」と「千住連句会」の実作例の中から、そのいくつかを紹介してみる。

新形式も十指に余る。二十韻（二十句）胡蝶（二十四句）や、制限をゆるくした、居待（十八句）非懐紙（十八句から二十四句）など。寺田寅彦もＴＯＲＳＯ

（トルソ）と称する、懐紙式にとらわれない作品を発表している。
これらに加えて、遊び心をたっぷり込めた、いくつかの形式についてもふれてみたいと思う。

（砂南）

1　表合わせ十句

表合わせ十句「しゃれこうべ」

（発句・春）　春興や言葉連ねてしゃれこうべ　砂南
（脇・春）　白々明けに穀雨ながむる　酔郷散人
（第三・春）　帰る鳥戦火の十日巡り来て　耄
（四）　地酒を提げて友を訪ねる　半酔
（五・秋）　朝冷えに気合いを入れし豆腐売り　大王烏賊
（六・秋）　新米の香に恋ふる故郷　耄

（七・秋・月）　眉の月硯に想う女《ひと》の筆　散人
（八）　旅立の刻《とき》柏手を打つ　酔
（春・花）　花影に栄華の夢か老力士　燕泳
（挙句）　紋白蝶のひらりひらりと　南

（しゃれこうべ連句会）

この「表合わせ十句」は、神田神保町の裏通りにある古酒場で、二〇一一年三月一日に巻かれたものである。「しゃれこうべ」というのは、この酒場の店の名で、「しゃれこうべ連句会」はここで誕生したという訳である。発句の砂南さんが指南役で、あとの五人は一人を除いて連句は初めてというメンバーであった。もっとも、「しゃれこうべ俳句会」というのが隔月にあり、みなさんその常連ではあった。一章に書いてあるように、「連句は楽しいよ、面白いよ」という砂南さんの連句の話があり、その誘いに乗って、砂南さんの捌きで始まったのである。

「表合わせ十句」は、初心者用とも言える短詩型で、表合わせ八句が主流。オモテ（表）だけであり、題材も自由に詠んでよい。春の句が五句、秋が三句であるから、雑の句（季語が入らない句）は二句しかない。捌きの指示に従って順番に付け進んでいけばよいので、難しいことはないはずであった。しかし、初心者らしくみなさん手直しをされることになる。

春興や言葉連ねてしゃれこうべ　　砂南

先ず、発句はこの場に集まり連句を巻こうという同好の士への挨拶である。発句が俳句と異なるのは、このメッセージ性である。俳句が自立完結を目指すのに対し、発句は座に集った人と場に挨拶するという性格を持っている。

白々明けに穀雨ながむる　　酔郷散人

脇は正客に対して場に招いた主人（しゃれこうべ店主）が付ける。発句と同季同場所が原則である。「穀雨」は二十四節気の一つで四月二十日ごろ、このあたりに降る雨のイメージを重ねたものであろうか。徹夜連句か…。

帰る鳥戦火の十日巡り来て　　　耄

この第三句の元句は「巡り来る戦火の十日帰る鳥」であったが、大きく転じているが、次の句が付けやすいように「て」「にて」で終わるのが望ましいということで、捌きによる手直しが入った。

地酒を提げて友を訪ねる　　　半酔

(四)は雑の句であったが、元句の「若鮎提げて友を訪ねる」の「若鮎」も晩春の季語であった。四句続けて春になってしまったので、これも手直し。

新米の香に恋ふる故郷　耄

元句は「鳥の声に恋ふるふるさと」で、「烏」と「鳥」が打越しになってしまった。手直し。

眉の月硯に想う女《ひと》の筆　散人

元句は「月眺め硯に想う女の筆」で、これも「眺め」が脇の句の「ながむる」と重なり、手直しとなった。

旅立の刻《とき》柏手を打つ　酔
花影に栄華の夢か老力士　燕泳
紋白蝶のひらりひらりと　南

このように巻き上がったものの、初めての連句は、前に詠まれた句への目配りが出来ず、「反省」という教訓を得たのであった。

2　半歌仙・歌仙

半歌仙「青梅の」

（発句・夏）　青梅のふくらみはじめ十あまり　半酔
（脇・夏）　枝をゆらしてわたる涼風　砂南
（第三）　ホームラン七つの海を飛び交いて　燕泳
（四）　友を残して旅に出る朝　大王烏賊
（秋・月）　月の宴故郷の唄ごちそうに　南
（折端・秋）　小豆の餅を幼なじみと　酔郷散人
（折立・秋）　リンリンと鈴虫集《すだ》く夜もすがら　鮎丸

（二）　想いのたけを宿の日記に　散人
（三）　雨あがりバスストップで紅をひく　丸
（四）　山あいの村三角の空　酔
（五・冬）　アイガーの氷の壁で兄笑う　散人
（六・冬・月）　砂浜蹴りて寒月の下　泳
（七）　一本《いっぽん》の松永遠《とこしえ》に語り継ぐ　南
（八）　真幸《まさき》くあれと枝に標結《ひめゆ》ふ　耄
（九）　両《りょう》の手を椀にして飲む瀧の水　酔
（十・春）　春《はる》飛魚《とび》くさや旨き居酒屋　泳
（十一・春・花）　長堤にボート過ぎゆく花ふぶき　耄
（挙句）　蛙《かわず》合戦やっとおひらき　南

（しゃれこうべ連句会）

この半歌仙は、二〇一一年五月から七月（三回の集まり）にかけて巻かれた。

巻き始める前に、半歌仙に取りかかる心得が捌きより示されたが、これはどんな場合でも必要な要諦であると思われるので、ここに採録しておこうと思う。

・半歌仙は十八句（表六句、裏十二句）。
・表六句には強い印象の句は出さない。例えば、人名、地名、国名、神祇、釈教、恋、無常、述懐、殺伐なこと（戦争、死、殺す、斬るなど）、病態、妖怪といった題材。
・月、花の定座。一花、二月。月は表の五句目と裏の八句目あたり。花は裏の十一句目に。
・各自が詠んだ句を互選とするか、捌き役に集めて選句をするか。
・設計表に従って季の句（季語入り）と雑の句（季語が入らない句）を織り交ぜて進める。
・長句（五、七、五）と短句（七、七）の繰り返し。
・変化を重視するため、前句と同字、同表現は避ける。

・ひたすら前へ。従って同じイメージの句を続けない。前々の句に戻らない。(打越し)。

設計表とあるのは次の表で、発句から挙句までの道筋が描かれている。

半歌仙十八句の設計(表六句、裏十二句、一花二月)

・序、破、急のリズムをつけて詠む。発句から折端までが〈序〉、ウ折立からウ八句目までが〈破〉、ウ九句目から挙句までが〈急〉。

発句　夏(ここより二句夏)　格調と軽味。挨拶性。切れ字(や、かな、けり、らん)の使用。

脇　夏　発句に寄り添う。同季、同場所。漢字留めが多い。

第三　雑（ここより二句雑）　大きく転じる。前句が内なら外。外なら内。に、て、にて留め。

四　雑　軽く詠む。下句の四・三、二・五を避ける。（短句に共通）。

五　秋（月）（ここより秋三句）

折端　秋

折立　秋（ここからウ、裏に入る）

二　雑（ここより雑三句）

三　雑　ウの中頃に恋の句（最低二句続ける）や時事句を詠む。

四　雑

五　冬（ここより冬二句）

六　冬（月）

七　雑（ここより雑三句）
八　雑
九　雑
十　春（ここより春三句）
十一　春（花）
挙句　春
　あっさりと詠む。字足らず、字余りは避ける。

　こういう設計表があれば滅法心強い。連衆は六人、半歌仙であるから一人三回まわって来る勘定である。膝送りなので順番がまわってくるまで、苦吟している一人を置いて談笑に花を咲かせる。捌きを除けば全員初心者であるから、思い切った句が飛び出す。連衆の個性がぶつかり合う。だんだんに慣れてくると、付けやすい句が多く単調になってくるように思う。そこで、寺田寅彦の言う「不協和音」が必要になってくるのである。暴れ句とか逃げ句がそれである。

半歌仙「青梅の」ウ七の「一本の松」は東日本大震災のもの、この半歌仙がいつ巻かれたかを明かしている。ウ九は雑の句のところであったが、あとで「瀧」は夏の季語とわかった。お目こぼしをいただいて夏の句とした。（半酔）

＊

歌仙「青嵐」

青嵐生き死にうかぶ水たまり　土宿
　双葉をひらく朝顔の苗　昌幸
スイングする少女の頬はふくらみて　蟻十
　超大好きなピザをほおばる　砂南
名月で知られた浦に舟を出し　浮良
　本の虫とは俺のことかと　雀羅

ウ　駅前に骨董店を開く秋　宿
　セカンドライフ仮想空間　十
連句行芭蕉蕪村に連ならん　宿
　土産に思う子らの寝すがた　良
おぼろげに蚊帳のむこうのみだれ髪　南
　遠き新内七変化して　幸
戻さぬと決めた男に飲ます酒　羅
　賑わっている出船入船　南
二代目と呼ばれるほどに薄くなり　良
　たばこの煙にかすむ昼月　南
花を持つ市川崑のカチンコは　幸
　猫の仔よぎる鬼括坂　十
ナオ　弟のおねしょをバラす人来鳥　羅
　物干台に明日の風吹く　幸

タフガイは小樽の町を徘徊す　南
　運河に浮かぶ船に敬礼　宿
止まり木に尻がスッポリおさまらず　十
　つめたい鍵を持たされしまま　同
梅川に藤十郎は雪と消え　良
　道具屋が出す櫛の口上　羅
美しき水で暮らせるものならば　宿
　半年もたず辞める大臣　十
市中の肉食獣を嗤う月　幸
　なくて七癖秋の七草　十
ナウ　おしろいに彼のいない日始まれり　幸
微塵子ならばひとり遊びを　十
いつよりか雨ニモマケズ田んぼ道　宿
ランチはケンタお茶はスタバで　南

誘われて花のお江戸の真ん中を　良
乞食《ほぎびと》回す春の絵日傘　羅
（千住連句会）

＊

半歌仙「くるくると」

くるくると畦道をゆく日傘かな　砂南
雷雲の見えるバス停　浮良
ケルン積む如くに書物積み上げて　土宿
地図なぞり行く奥の細道　昌幸
月明に身じろぎをする小鳥たち　雀羅
ウ
葡萄畑の房はたわわに　蟻十

秋口にあのフレンチは店仕舞い　良
　貯めたお金で中国の旅　南
鑑真は目を欠いてさえ渡る海　幸
　アルバトロスの断崖の島　宿
私らも飛ばせておくれ孔雀草　十
　路上暮しを覗く夏月　羅
航跡を残さぬままに帰郷せり　幸
　祖母の笑顔と煮付け懐かし　良
水清き三代続く酒蔵で　南
　コンビニ店長Uターン組　十
花筏遊覧船にまといつき　宿
　画架のかなたに現るる初虹　羅

（千住連句会）

この二巻（歌仙、半歌仙）は、私たちが足立区の千住で連句をはじめた翌年二〇〇七年（平成十九年）の六月、佛渕健悟先生にお願いして、一泊二日の勉強会（連句合宿）を土浦の国民宿舎「水郷」で催した時に巻き上げたものである。（歌仙一巻、半歌仙四巻のうちの二巻）。

この時の模様については、四章の「吟行のすすめ」で詳しくふれているが、いま読み返してみると、連句をはじめて一年と少々、連衆は気合が入っているし、初々しさも感じられる。また、宗匠である佛渕健悟先生の捌きの〝お陰様〟という印象が強い。

なお、この連句合宿の参加者は佛渕健悟先生（雀羅）、和久井昌幸、中山蟻十、平賀土宿、遠藤浮良、坂本砂南であった。（砂南）

＊

歌仙「年の瀬に」

（発句・冬）　年の瀬にいのちたのしき歌仙かな　半酔

（脇・冬）　雪に見立てた熱々の鍋　鮎丸

（第三）　朝焼けの富士は変らず静かにて　大王烏賊

（四）　ゆっくり歩むいつもゆく道　砂南

（五・月）　九十九折《つづらおり》サードで駆ける月の下　燕泳

（折端・秋）　読書の秋も二、三頁で　耄

（ウ折立・秋）　まどろみてヴィオロンの唄長き夜　酔郷散人

（二）　北を目指して汽車にとび乗る　酔

（三）　路地裏の運河の宿に洋燈《らんぷ》燃ゆ　丸

（四）　ギター背負ひて帰るマドロス　泳

（五）　故郷の女《ひと》想いつつ独り寝る　南

（六）　浮世の夢を絶たむ禅寺　散人

（七・夏）　大欅とりまく園児蝉の声　耄
（八・夏月）　遊び疲れて夏空に月　丸
（九）　牧水に身をなぞらえて酒を酌む　酔
（十）　休肝日には大福を喰う　南
（十一・春花）　花の園養生訓を友として　泳
（折端・春）　うらら日和は俳句三昧　耄
（ナオ折立・春）　清水の舞台に謡う朧夜に　散人
（二）　無常迅速かぞえ七十　酔
（三）　白浪の玄界灘へ逃れ来て　丸
（四）　口説き文句も先代ゆずり　泳
（五・冬）　鯛焼きを両手《もろて》で包み急ぎ足　烏賊
（六・冬）　ラグビー試合終わる河原　耄
（七）　何だろう鉄の女の物おもひ　南
（八）　気付いてみれば君のいる町　酔

（九）　惑いつつ干潟の奥の隠れ舟　丸
（十）　カムイの里に響く山びこ　散人
（秋・月）　月夜さし猫たちの影地に長く　酔
（折端・秋）　ガレキの浜に秋の夕焼け　南
（ナウ折立・秋）　つつまれて燃え立つ紅葉遠き日々　散人
（二）　母の温もり若き面影　丸
（三）　戦には行かぬ男の昼寝とは　南
（四）　畳の跡の残る二の腕　泳
（五・春・花）　賑わいの暖簾を揺らす花吹雪　耄
（挙句）　春の夕べに集うもののふ　烏賊

（しゃれこうべ連句会）

この歌仙は、二〇一一年十二月から翌年の四月にかけて、四か月（五夜）をかけて巻かれたものである。何せ、捌きの他の六人は初心者で、大胆と言ってよいのか、四回ほど習作（表合わせ、半歌仙）を巻いたのみで、無謀にも歌仙に挑戦したのである。案の定、悪戦苦闘の連続となり、頭を抱えることしばしばであった。しかし、連衆の闘志は衰えることなく、巻き上がってみればビギナーズラックと言えなくもない。連衆の個性と詩心がぶつかり合い、真剣な表情を感じることができると思う。「自ら座に臨む心構え」で「日々心を一新して巻く」と芭蕉は言っている。「初心忘るべからず」を成果として得た歌仙となった。

＊

メール半歌仙「秋刀魚焼く」

（発句・秋）　秋刀魚焼く味醂ひと刷毛ほっこりと　砂南
（脇・秋）　旨さ際立つ柚子の一滴　鮎丸
（第三・秋・月）　世を経りし人みな月を眺めをり　半酔

（四）　朝一番の電車待つ駅　猿亭

（五）　港行き仕事をさぼり浜に立つ　丸

（折端）　御免なさいね演歌ばかりで　南

（折立・冬）　待ちぼうけ第九のきっぷ空に舞う　亭

（二・冬）　冬の祭りは伊那谷の奥　酔

（三）　火のごとき熱き想いを抑えかね　南

（四）　川を渡りて尼になりたし　丸

（五・夏）　暮れなずむ林のなかに夏椿　酔

（六・夏・月）　蚊遣りの子豚月に煙吐く　亭

（七）　ゆうちょ株貯金箱割り買い走る　丸

（八）　ＴＰＰは国益なのか？　南

（九）　明日の夢燃やしては消すタバコのみ　亭

（十）　母の教えの道は清らに　酔

（十一・春・花）　伝説が伝説のまま花の笑　南

（挙句）　耳をすませば響く雉笛　丸

連句は座を囲んで巻くものである。同じ場所、同じ時間を共有して、付けて転じる創作行為を楽しむものである。しかし、現代人の仕事の多様さから、同じ時間、同じ場所に幾人もの人が集まるのは容易ではない。それでも、ひと月に一度は万障繰り合わせて集まれれば、それ自体が幸せというものであろう。

しかしながら、現役の方は締切に追われ、現役を卒業した人たちは、介護に追われているケースもあるのが実情である。であるなら、とりあえず知ったもの同士、メールやファックスという手紙に替わる文音を使ってやってみようかと思ったのである。発句の選定だけは、皆で集まり、巻き上がれば反省会に集まるという進め方については、四章の４に詳述してある。このメール半歌仙は、二〇一五年十月半ばに始まり、十一月末に満尾となっている。「先ずは、のんびりやろう」というのが合い言葉であった。　（半酔）

3　新形式の連句

「二十韻」

二十句、一花二月、初折の表四句、同裏六句、名残りの表六句、同裏四句で構成する。

二十韻「真蒼なる」

発句　真蒼なる空の高きや大欅　耄
　親子三代秋霖を抜け　燕泳
望月のついに手にした金メダル　砂南
　心は軽く天駆けるとき　大王烏賊
（中略）

ナウ　気を使いステップを踏む安下宿　庵

白魚跳ねる合わせ酢の鉢　丸

花の木戸押せば誰何の声がして　酔

挙句　初蝶の舞う野辺の山々　鳥賊

（しゃれこうべ連句会）

「賦物（ふしもの）」

表合わせ十句とか、十二句、せいぜい十八句くらいまで、短いもので巻くことが多い。菓子とか果物とか、身近な素材で句に「縛り」を設ける。月、花、恋の句も詠み込む。これなら飲食縛りや、恋縛りも楽しめそうだ。例えば、別所真紀子さんが主宰する会の会報「解纜」に、賦物「菓子」を見つけた。一部を引用させていただく。

水無月のマシュマロ甘し風の午後

畳たたんで木苺のパイ
羊羹の薄暗切って明るくし
ドーナツ見たは昭和十年
相撲部に入る兄弟福々と

こんな具合である。五句目には「大福」が隠れていて面白い。

「四句八句」

一連目が四句、二連目が八句、三連目が八句、四連目が四句の計二十四句（一花二月）。四苦八苦に引っ掛けた遊び。三連目を「自由律」とするのが決まり。五・七・五と七・七に慣れてしまった頭には、意外な苦しみであった。

四句八句「一人旅」

一連　秋深しＣＭ天気図一人旅　土宿
　ついて行きたし羊雲とて　葦生
月降れば銀のショールをそっとかけ　草紙
　稼ぎ頭は糸紡ぐ祖母　砂南
二連　ヨイトマケ地球の裏はサンバ踏み　浮良
　へその波動で沸かす珈琲　宿
・・・・・
三連　すでに恋二つある純潔じゃが　蟻十
　手相は不吉な三本線　紙
四の五のいう口ふさぐ口づけ　生
　ろくでなしめが摘む春の七草　十
水平線から海兵隊員の野馬　紙
　にせものはほほえんで近づく　鉄男
・・・・・

四連　ビル風の人吹き飛ばす烈しさに　宿
そっとぱぴぷぺスマホ電源　泳
祖父譲り文箱にしまう花心　良
杖を頼りに風光る土手　南
（千住連句会）

「宝塚」

七句三連、二十一句。宝塚歌劇の組名にちなんで、各連に雪、月、花の句を一句入れ、全体に色っぽく仕上げる。これに宙、星の連を加えた五連の「新・宝塚」もある。

宝塚「シチュー香る」

一連　シチュー香る坂の半ばに春北風　葦生

ちらりと見える子猫あいびき　蟻十
永き日を髭のパトロンカード手に　草紙
ほろ苦さ棲む甘い生活　浮良
あの娘にはそっと投げやる「雪」礫　砂南
五目並べて恋の仇敵　燕泳
くねくねと何処に向かうか柳腰　土宿
好き者同士蛇穴に入る　生
メダル金「月」じゃ月じゃと娘たち　十
・・・・
ステテコの歳の差四十に惚れました　生
胸筋つれて腰の髄まで　十
・・・・
秘め事をそっと楽しむ昼下がり　泳
「花」のかんばせほのか紅色　宿

二連
三連

青き踏むオオムラサキへあと十里　十
（千住連句会）

「尻取り」

前句の結びの二語を、次の句の頭に入れて詠む。前出の「賦物」と同様に、尻取りという「縛り」を加えている。表合わせ十句など短いものから半歌仙、歌仙まで、自由自在にこの言葉遊びを楽しむことができる。月や花などの季語も随時加える。例えば…

鬼ごっこはぐれて一人夏の月
　ツキをなくしてオケラ街道
どうにでもなれと言いつつ塾通い
　「宵の口」消え情緒も消える
L特急心もはやる故郷へ

という具合である。
これらの他にも、連句にはいろいろ楽しい遊び方が工夫されている。（砂南）

4　自由連句と自由連詩

前に「七五調と八六調」の琉歌（琉球歌）のところで紹介した珊瑚舎スコーレというＮＰＯの学校は、文章講座に力を入れている。文章を書くという行為は「自分に出会うことであり、自分をつくるということである」という信念によって、スコーレの生徒全員が課題を与えられる。「果物スケッチ」「人物スケッチ」など一人で文章を書く課題のほかに、「リレー物語」「連句」「連詩」など面白い試みがある。スコーレの許可を得て紹介する。

＊

連句（八連句・八連詩）

いずれも造語です。もともと連句から発想した遊びですが、きちんとした連句はそれなりの所作があり、かなりの時間を要します。連句の発想でもっと気軽にことばと遊びたいと考えてやり始めました。四連歌は二句ごとに漢詩の起承転結を意識して作っていましたが、それが次第に八連句となり、一行詩で作る八連詩となってきました。形は少しずつ異なっていますが連句の「付いて離れる」は基本中の基本です。

やり始めると真剣なことばのバトルが起こり、全員でリングに立っているような興奮がおこります。一句ごとに全員が一票を投じて決めますが、自分の句には投票できません。投票の前に句に対する感想をそれぞれが述べ合いますがこの時点ではどれがだれの句かわからないので、かけひきもあります。

自分の句が選ばれてほしいと真剣ですが、バトルは後をひきません。一期一会の楽しみだからかもしれません。

今回は載せられませんが、採られなかった「捨て句」も捨て難いものです。

八連句

起・発句　ウージの穂大和の風にさらされて　信八
二句　思いざわめく三十年目　弧宇
承・三句　石畳歩きつかれて空を見る　春雨
四句　聞えてくるは荷船の汽笛　青椿
転・五句（恋）　目があってふるふる想いかけめぐる　澪標
六句　星降る夜のキンモクセイ　小胡
結・七句　小さな手まあるい光をつめこんで　澪標
八句　旅に出ようか水平線まで　金柑

＊「ウージ」はサトウキビ

八連句

今回の四連歌は卒業をひかえたS君に発句を作ってもらい、二句からみんなでつくりました。

発句　桜舞う　この木の下で　約束を　零式
二句　乾いた風が　帽子を飛ばす　兎
三句　息をつく　紅一点の　狂い咲き　米草
四句　季節外れの　風鈴がなる　駿風
五句　言葉より　涙が先に　でていった　楽吉
六句　海の底にも　粉雪は降る　玲波
七句　雨音に　どこか似ている　父の歌　駿風
揚句　スキップで駆ける　みどりの路《みち》を　米草

八連詩

連句の形式を借りた共同制作の詩です。各人がそれぞれ一行詩を作り、その中からおもしろい一詩（発句）を選びその後は連句の付け句の方式で八行をつくります。気分としては起承転結の流れを意識します。

発句　この夏は毎日のように雨が降っている　シュシュ
二句　ゆううつなソラとは裏腹に僕の心は晴れていた　かきふらい
三句　あさってには雲が掻き消されるだろうか　僕は探りたい　ほっちくわ
四句　公園のベンチに座っている森の妖精　あああ
五句　勢いあまってつぶしてしまえば　かきふらい
六句　はじけたぶどうは戻らない　くろろ
七句　海に沈んだ心臓がしずかに星をながめている　うみねこ
揚句　さわさわ風ふく秋の夜　かえるは一人眠りに入る　くろろ

（星野人史『人は文章を書く生きものです。』より）

高等部の生徒の作品であるが、面白く仕上がっていると思う。このように自由な形式で詠む自由連句も、もっとやってみればと思うのであるが、いかがであろうか。

*

スコーレは毎年春に、島の外から講師を招いて「まれ人講座」という授業をする。次の八連句は詩人の谷川俊太郎氏を迎えたとき、教室で生徒、スタッフを含めて句を出して巻かれたもの。谷川氏の発句で始まり、出された句の撰者を谷川氏自らがつとめている。

八連句「種はこぶ風」の巻

起　種はこぶ風はまれ人土はきみ　俊水

葉の形さえ時にまかせて　蚊曲
承　桜散りでいご花咲く別れの日　瀬底
真赤な糸はどこまで伸びる　伸
転　トーストのこげた匂いで目が覚めた　たづこ
あれが夢でもこれが夢でも　梅香
結　今ここの五官をすまし歩みゆく　梅香
がじゅまるの気根《ひげ》のびろよのびろ　玻瑳
（珊瑚舎スコーレ「学校をつくろう！・通信　第27号」より）
（半酔）

六章　対談「連句のたのしみ」（砂南＋半酔）

連句と出会って

半酔　先日、『連句日和』という和田誠さんのグループが巻いた歌仙の本をお借りして読みましたが、みなさん和気あいあいとして、なにか連想ゲームを楽しんでいるようでした。ルールも緩くしているように思いました。

砂南　それでいいんじゃないですか。連句の基本はちゃんと押さえているわけだし…。

半酔　連句の三原則というのがありましたね。「付けて転じる」「前に戻らない」「森羅万象を詠む」ですか。この連句のルールを使って、自由連句とか自由連詩とか、リレー物語とか試みているところもありますが、面白いと思います。なにも式目通りに詠まなければ、連句ではないというのはどうでしょうか。

砂南　しかし、季語という大事なものもあり、月・花の定座というのもあって、それは押さえておかないと…。

半酔　連句はドラマではあるがストーリーはない、あるいは予測できない付けと転じという表現行為で成立するわけですが、やはり一巻の構成とか流れとかは意識するということでしょうか。

砂南　そのあたりのことは、寺田寅彦が連句を音楽や映画の手法と比較してくわしく論じていて、「捌き」を「指揮者」という風に言っているよね。一巻の序破急も「捌き」が重要だと。芭蕉はそういう意味で、名コンダクター、名捌きだったことは、七部集を読むとよくわかる。連衆の行く先をいつも決めているのは芭蕉ですね。芭蕉の付け句については、外山滋比古も『修辞的残像』の中で「転調の美」と言っています。

半酔　連句は楽しくなければ、といつも言われていますが、砂南さんの連句のたのしみというのは…。

砂南　それは、本人が楽しいということでしょう。私の参加している連句の会は、月一回と決まっているんだけれど、連衆のなかに料理をつくるのが上手な人がいてね、ご馳走を出してくれる。毎回宴会をかねているようなもので、それが楽しいといってもいいくらい。（笑）

半酔　つい最近、私の知人がつくった「川はだれのものか〜大川郷に鮭を待つ〜」という記録映画を観たんですけど、新潟県の最北端、山形県の県境から近い大川という、流程二十キロあまりのそれほど大きくはない川に遡上してくる鮭を獲る話でした。その集落の人が川を九つの漁場に分ける「川分け」というのをやり、さらに細かく場所の選定と入札を決める。それを寄り合いでやるのですが、実に楽しそうなんです。コド漁という三百年以上続いている変わった漁法で、長い竿の先につけた鉤で鮭を引っ掛けて穫るのですが、いい歳をした人たちが嬉々としてやっている。川底の大石を取り除いたり、鮭が河岸に寄ってくるようにしたり大変な準備があるのですが、楽しそうにやっている。「大変ですね」と取材の人が話を向けると、「いやあ、好きな者同士が集まってやることだあ」と言っているのが、すごく印象に残りました。連句も三百年以上続いていますが、まさにそういうことですね。私は砂南さんに、連句のお誘いを受けたのですが、砂南さんはどのように連句へと？

砂南 やはり誘いがありました。仕事つながりの先輩がやっていて…。

半酔 引きずりこまれた？

砂南 見学というか、オブザーバーでいたところ、お前も付けてみろと。

半酔 ハハァ。

砂南 初めは却下されましたけど…。（笑）その会は連衆が全員男性で、珍しいと言われるのだけど。

半酔 さっきの『連句日和』も、初めは和田さん達男性三人で始めたようだけど、途中から歌人の俵万智さんが入って、なんというかずっと良くなったようですね。（笑）

砂南 やはり女性が入るとちがうね。発想が男性とはちがうから、面白味が倍増するということでしょう。

半酔　この前、俳諧が盛んだった江戸時代にも女性が連句をやっていたのかと、友人に聞かれて、迂闊にも今まで考えていなかったことに気付かされました。江戸時代にも俳句をやっていた女性がいるのは知っていたつもりですが…。

砂南　『江戸おんな歳時記』という、別所真紀子さんが最近出された本に、その辺の事情が書かれています。さまざまな境遇の女性たちが俳句を詠んでいたようです。同じ別所さんが少し前に書かれた『俳諧評論集　共生の文学』にも、女性俳諧師（連句）のことが詳述されていて、よくもここまで調べられたと、すごいなと思いました。

半酔　どんな女性ですか？

砂南　それはいろいろ。別所さんの著作によれば、蕉門と一茶の周辺には多くの女性俳諧師がいたようです。例えば、蕉門では「羽紅」という。この人は凡兆の奥さんで、尼さんになった人。芭蕉をはじめ、凡兆、去来などと同座しています。一方、一茶の弟子にも「浜藻」に代表される女性たちが同座していました。

実作で思うこと

半酔　少し実作の話に入りますが、連句を詠み進めて行って、どうしても陥りやすいのが、打越しですね。いま付けている句は前の前の句（前々句）とは全く違う世界になっていなければ打越しになります。同字、同イメージはその典型ですが、さらに遡って輪廻になるものまで出てきてしまう。なにか、回帰本能みたいなものが人間にあるかのようですね。

砂南　四季を詠みこんでいくのだから、巡るのだけれど、前へ前へと進んで行くのだから同じではない。連句を始めたころ、春で始まった歌仙は次に秋（月）がくる。春の次は夏ではないかと不思議に思った。季節の巡りでいけばね。だから、三十六句に春は三回出てきます。そのうち二回が花。当然、違う春を詠まねばならない。打越しや輪廻というのは、前の句を詠んだ人に失礼にならないように、という気配りなんですね。

半酔　あと、「に」とか「て」とか、助詞が何句も続いて出てきてしまうことがあります。助詞の打越しというのはないと思いますが、あまり続くと同じ調子になりやすいですね。

砂南　それは、みんなで気をつけないと。この前巻き上がったのを調べてみたら、「に」が五句、「の」が十句も続いて入ってしまっていた。

半酔　「の」はどうしても多くなりますね。「の」という助詞は、主格にもなり、所有格にもなり、様々の用法の「の」があるので、他の助詞とは少しちがうのかもしれないけれど。

砂南　やはり、連衆それぞれが「捌き」をしている、という気持ちになりたいですね。

半酔　発句からの流れを共有するということですか。

砂南　とくに歌仙も後半になってくると、全体に目が行き届かなくなりがちです。当然のことですけど、自分の句を付ける前に発句から読み直すくらいはしないと。そういう目配りが大事だと思います。

半酔　連句は、季語が入る句と季語が入らない雑の句があり、そのほかに月と花の定座があるという構成ですが、砂南さんは雪の定座を提唱していますね。

砂南　それは、あってもよいのではぐらいの提案でね。集まった連衆のあいだで決めればいいと思います。

半酔　入れるとなると、冬の二句の一つに雪を入れる？

砂南　それが自然だね。

半酔　半歌仙だと難しい。

砂南　そうだね。「宝塚」という形式には、花、月と並んで自然に雪が入っているけど。

半酔　雑の句は、歌仙の約半分を占めますが、恋句と時事句を必ず入れます。これも約束事でしょうか。

砂南　恋の句が入っていないものを「半端物」といって嫌います。天皇が連歌には恋の句を入れるべしと、勅を出したというのだから可笑しいよね。時事句は、その連句が何時の時代に詠まれたものかを証するものです。例えば、東日本大震災と福島原発事故の前と後では、表現するときの言葉の使い方がちがってくると思う。よく指摘されるのは、新聞の見出しそのままじゃないの…と。奇跡の一本松を素材にするにしても、言葉を十分に吟味しないとね。これは反省です。

半酔　この本は、「連句はやさしい」というところに重点を置いて書いたものなので、式目（いろいろな決め事）については全部は載せていませんが、あと実作でこれから勉強してゆくものに、「自」「他」「場」というものがあります。簡単に言うと、何でしょうか。

砂南　これがなかなか難しい。いまだにジタバタしている。ざっくり言うと、句は人情ありの句と人情なしの句に分かれる。人情ありの句には、自分のことを詠む「自の句」と、他者を詠む「他の句」、自分及び他者を同時に詠む「自他半の句」を含む。そして、人情なしの句を「場の句」という訳です。それぞれが打越しにならないように工夫する、というのだけれど、これを厳密にやっていくと、なかなか前へ進まなくなる恐れがある。まあ初めのうちは捌きの指示に従って、少しずつ慣れていくしかないと思います。自、他、場の句が片寄らないように、適度に織り交ぜていくことがよしとされるのですが、少なくとも、選句をしたり自分の付け句を作るとき、「自・他・場」のどれに該当するのかを見極めることを習慣づけることは必要でしょうね。そして、反省会の話題にしていく…。

吟行は楽しい

半酔　もう一つ、「吟行」という実作の場があります。普通、一か所に連衆が集って巻きますが、吟行には移動という場所の軸が入ってきます。このメリットは？

砂南　気分転換ですね。解放感もあります。それと、移動する時も食事してる時でも、いつも付け句のことを考えていますから、集中できますね。嘱目という言葉がありますが、眼に映じたものや心に感じたものを、その場で五七五なり七七なりの言葉に落とす、連句本来の「即吟」の訓練ができます。連句脳を鍛えるというか…。

半酔　連句脳ですか。思い当たることがあります。山などに入ってキノコを探す時、初めは木の葉や草ばかりしか見えないのですが、やがて緑一色の中にキノコが浮かび上がってきます。そうなると眼はキノコだけが見えてくるようになります。それを、キノコ目になると言っています。それがワラビでしたらワラビ目。

フクロウに夢中になって、『フクロウになぜ人は魅せられるのか』という本を書いた友人がいますが、街中でもフクロウの看板やストラップについたフクロウなどが眼に入ってくると言います。フクロウ目ですね。

砂南　連句脳とはちょっとちがうと思うけど、面白いね。

半酔　私たちの連句会も向島百花園へ吟行に行ったことがあります。鳥の声やいろいろな植物があって勉強になったし、部屋を借り切ったので集中もできました。そこでは巻き上がらず、場所を移して続きをやって結局昼前から夜になるまで、七、八時間もやったでしょうか。同じ姿勢でいたので、すっかり膝が固まってしまい、痛くて元に戻るまでに二か月ほどかかって参りました。それからは、テーブルか足を下ろせる掘り炬燵があるところにしようと…。（笑）

砂南　それはそれは…。連句をする場所も考えないとね。体調が基本ですから。なかなか連衆の条件が揃わないなど、難しい面もあるけど四季に一度くらいは吟行に出て、自然に触れ、風に吹かれることも必要だと思います。

半酔　最後に、メールというヴァーチャルな実作空間があります。このメール歌仙というのは、どういうメリットがあるでしょうか。初めに取り上げた『連句日和』もメールでやりとりして、巻き上がってから集まって、付けの具合やら感想を言い合って楽しんでいたようですが。

砂南　時間的に縛られないことでしょう。直ちに付けなくてもよいので、推敲もできると思います。まあ、付けるのに一週間もかけないようにすればよいのではないですか。ただ連句本来の即興という面ではマイナスかも知れない。私たちの会ではファックスで付け句を送り合うことが多いのですが、早い人は朝送ると小一時間もしないうちに付け句が返ってくる。ファックスの前で待ち構えているんですね。

半酔　巻き上がったら、参加した人が皆集まって、感想会というか反省会というか、付けの評価を話し合ってみたいですね。これは必要なことだと思います。次の歌仙の発句を持ち寄って、発句の選定もできますし…。

砂南　「自・他・場」の検討を含めて、巻きっぱなしにしないようにね。一巻や連衆のクオリティを高めていく上でも大切なことだと思います。それと日頃から心掛けたいことは、語彙を豊かにすることと、新鮮な言葉を探すことですね。料理もそうですが、素材（言葉）が新鮮だと味も際立ちます。もう一つ、句は読みやすく、リズム感を大切にすることも大事だと思います。

（二〇一六年二月、神保町「ひとつなぎ」にて）

七章　作品鑑賞

歌仙「夏の月」（『猿蓑』）

歌仙「夏の月」(『猿蓑』)

市中《いちなか》は物のにほひや夏の月　凡兆
あつし〳〵と門《かど》々の聲　芭蕉
二番草とりも果さず穂に出《いで》て　去来
灰うちたゝくうるめ一枚　凡兆
此筋《このすじ》は銀も見しらず不自由さよ　芭蕉
たゞとひやうしに長き脇指《わきざし》　去来
草村《くさむら》に蛙《かはづ》こはがる夕まぐれ　凡兆
蕗の芽とりに行燈《あんど》ゆりけす　芭蕉
道心のおこりは花のつぼむ時　去来
能登の七尾《ななを》の冬は住《すみ》うき　凡兆

魚の骨しはぶる迄の老《おい》を見て　芭蕉
　待人《まちびと》入《いれ》し小御門《こみかど》の鎰《かぎ》　去来
立《たち》かゝり屏風を倒す女子供《をなごども》　凡兆
　湯殿は竹の簀子《すのこ》侘しき　芭蕉
茴香《ういきょう》の実を吹落《ふきおと》す夕嵐　去来
　僧やゝさむく寺にかへるか　凡兆
さる引の猿と世を経《ふ》る秋の月　芭蕉
　年《ねん》に一斗の地子《ぢし》はかるなり　去来
五六本生木《なまき》つけたる潴《みずたまり》　凡兆
　足袋ふみよごす黒ぼこの道　芭蕉
追立てゝ早き御馬の刀持　去来
　でつちが荷《にな》ふ水こぼしたり　凡兆
戸障子もむしろがこひの賣屋敷《うりやしき》　芭蕉
　てんじやうまもりいつか色づく　去来

こそ〳〵と草鞋《わらぢ》を作る月夜《つきよ》さし　凡兆

蚤をふるひに起《おき》し初秋　芭蕉

そのまゝにころび落《おち》たる升落《ますおとし》　去来

ゆがみて蓋のあはぬ半櫃《はんびつ》　凡兆

草庵に暫く居ては打《うち》やぶり　芭蕉

いのち嬉しき撰集《せんじふ》のさた　去来

さま〴〵に品かはりたる戀をして　凡兆

浮世の果《はて》は皆小町なり　芭蕉

なに故ぞ粥すゝるにも涙ぐみ　去来

御留守となれば廣き板敷《いたじき》　凡兆

手のひらに虱《しらみ》這はする花のかげ　芭蕉

かすみうごかぬ昼のねむたさ　去来

＊

「夏の月」は三吟で芭蕉・去来・凡兆で巻いたものである。評釈は、前句と付け句を二句並べて解釈と感想を述べ、さらにその付け句に次の句をというふうに、付けと転じがわかるようにするのが通例である。この作品鑑賞では、長句と短句を対句のように二句ずつ並べて評釈してみた。この歌仙では長句と短句が良く響き合い、次の長句が見事に転じているように感じたからで、その方が面白いかと工夫してみた。

市中《いちなか》は物のにほひや夏の月　凡兆
あつし〳〵と門《かど》々の聲　芭蕉

京都の夏は暑い。湿気もありムシムシする。五山の冷気、鴨川の涼風を取り入れようと、家の前に打ち水をしたり、玄関に涼しげな花を生けたりと工夫もしてはいる。それでも暑いが、中天にかかる夏の月は、少し涼しげであろうか。

「市中」はどこと特定しているわけではないが、町家の並ぶ中京あたりか。四条通りの一本北の錦小路は、寺町通りと高倉通りの間に錦市場があり、食材、惣菜を商う店がびっしり軒を連ねている。京野菜、日本海、瀬戸内の海の幸、丹波の山の幸など、京都の台所といわれるほど何でもある。八つ目鰻まである。これらの醸す暮らしの匂いが「物のにほひ」であろう。脇の句は、戸を開け放ち、あるいは縁台を持ち出して、バタバタと団扇をつかう庶民の声が聞こえてくる。

二番草とりも果さず穂に出《いで》て　去来
灰うちたゝくうるめ一枚　凡兆

第三句は市中から郊外に転じて田畑がある。夏の草の勢いは凄まじく、作物をつくる農民にとっては、夏は草との戦いである。草取りをしないと、収量にかかわる。実入りが悪くなれば身入りも悪くなる。草取りに手がまわらないと、収入減になるのである。炉端で焼いていた潤目鰯の干物が灰の上に落ちて、それをうちたたいている貧しさがある。潤目鰯は昔から庶民の食べ物であった。

此筋《このすじ》は銀も見しらず不自由さよ　　芭蕉

たゞとひやうしに長き脇指《わきざし》　　去来

ことほど左様にこの頃は金回りが悪く、思うにまかせない。道行く旅まわりもなにかちぐはぐで、身の丈に合わない長い脇差などを差している。関西ではお金のやり取りは銀何匁とか銀何貫と、銀で決済した。

高田郁の『銀二貫』という時代小説がドラマになったのを観たことがある。父が仇討で斬られ、庇おうとした侍の子を、寒天問屋の大店の主人が天満天神宮に寄進するはずの銀二貫で助け、商人として育てる人情噺であった。

草村《くさむら》に蛙《かはづ》こはがる夕まぐれ　　凡兆

蕗の芽とりに行燈《あんど》ゆりけす　　芭蕉

草深い村里の道は春ではあるが、夕暮になると暗くなるのは早い。道の脇の草むらから、大きなヒキガエルなどが飛び出すとびっくりする。蕗の芽をとりに来た女の子であろうか、手に持った行燈の火を消してしまった。「こはがる」と「ゆりけす」が響いている。蕗の薹は、朝餉の汁の実に散らすと春の香りが立つ。

道心のおこりは花のつぼむ時　　去来
能登の七尾《ななを》の冬は住《すみ》うき　　凡兆

発句に月を引き上げているので、花をここに出している。歌仙では、月の定座と花の定座は一応各折の折端の前になっているが、「月は出るにまかせよ、花は咲くにまかせよ」とあるように、この三吟の芭蕉、凡兆、去来のような練達の士ともなれば、ある程度自由にやっていたようである。しかしそれも、付けの流れとか、座の連衆の要請とかを踏まえていなければならない。初心者としては、先ず定座を守って不都合がなければそれで良いのではないか。
「道心のおこり」とは、仏の道に目覚め修行に入る心であるが、落剝の身なのであろうか。それにしても、北国の能登の奥の七尾の冬は大変だろうなぁ。

魚の骨しはぶる迄の老《おい》を見て　芭蕉
待人入《まちびといれ》し小御門《こみかど》の鎰《かぎ》　去来

この世はまことに住みうく、なんとも老いてしまい、今は魚の骨をしゃぶるまでに落ちぶれている。通ってくる人を手引きするのは老いの役目で、横の小門を鍵で開けて閉める。

立《たち》かゝり屛風を倒す女子供《をなごども》　凡兆
湯殿は竹の簀子《すのこ》侘しき　芭蕉

いつの世も人の物見高いのは同じ。通って来た男を見ようと、屏風陰に寄ったのはよいが、押し合って屏風を倒してしまった。すこし漫画的な滑稽である。この家に湯殿はあるものの、湯ぶねの外は竹の簀子を張ってあるのが侘しいと言っている。前句の騒々しさを離れて、場の転換を図った句と思われる。

　茴香《ういきょう》の実を吹落《ふきおと》す夕嵐　　去来
　　僧やゝさむく寺にかへるか　　凡兆

茴香の実とあるから仲秋である。茴香（フェンネル）の実は漢方では薬になるから、湯殿のあたりに栽培していたのであろうか。その実を吹き落すほどの風の中を、托鉢に出たか檀家をまわった僧の、寒そうにして寺に帰る孤影がある。

　さる引の猿と世を経《ふ》る秋の月　　芭蕉
　年《ねん》に一斗の地子《ぢし》はかるなり　　去来

猿引きと猿は常に一緒で家族のようである。歳をとってゆくのも同じである。その孤独と連帯に、秋の月を配した。収穫の秋ともなれば、田畑を借りている者は、いやでも地代として、年に一斗を量って差し出さなければならない。

五六本生木《なまき》つけたる潴《みずたまり》　凡兆
足袋ふみよごす黒ぼこの道　芭蕉

農家の庭先であろうか、水溜りに生木が五、六本浸かっているのだが、あたりの道はでこぼこ道で、足袋をよごしてしまうのが腹立たしい。水溜りに難しい漢字が当てられているが、なにか意味があるのであろうか。調べてみたら、新修漢和大字典（博文館）に潴は、ミズタマリ、ミズタマルとあり、宋史の「海流出復潴」の引用があった。三句後に「水こぼしたり」と「水」が出たので、手直しで「水溜り」を変えたと思われる。ここのところは叙景句が続いている。

追立てゝ早き御馬の刀持　去来
でつちが荷《にな》ふ水こぼしたり　凡兆

場所は町なかに移り、街道を刀持が馬を追い立てて飛ばしてくるので、商家の丁稚が驚いて背中に背負った甕から水をこぼしてしまった。

戸障子もむしろがこひの賣屋敷《うりやしき》　芭蕉
てんじやうまもりいつか色づく　去来

町なかにはあちこちに売り屋敷があって、戸障子をむしろで囲って養生している。その中庭に唐辛子が植えられていて、もう秋なのだから赤く色付くにちがいない。天井守の異称は、赤く熟してから根ごと抜いて、それを束ねて軒先か土間の天井から吊ることから来ている。

こそ〳〵と草鞋《わらぢ》を作る月夜《つきよ》さし　凡兆
蚤をふるひに起《おき》し初秋　芭蕉

月が明るいので夜なべであろうか。家族は寝ているのか、音を立てないように草鞋を作っている。実際、月の明るい時には物の影もくっきりとして、本も読めることがある。蚤、虱は戦後すぐの時代にも、ずっと悩まされたものであったが、江戸時代ではもっと身近で、むしろ親しいものと言ってよいのではないだろうか。芭蕉の句にはしばしば出ている。

そのまゝにころび落《おち》たる枡落《ますおとし》　去来
ゆがみて蓋のあはぬ半櫃《はんびつ》　凡兆

枡落は鼠を捕る仕掛けで、どういうわけか転げ落ちている枡に、半櫃を付けている。半櫃は長櫃の半分の大きさのもので、衣裳などを入れる。物付けである。前句に蚤が出ているので、鼠は使えない。屋内の句が続いていて、視界が狭くなってきている。

草庵に暫く居ては打《うち》やぶり　芭蕉
いのち嬉しき撰集《せんじふ》のさた　去来

前二句の先行きを案じて付けた句であるが、「打やぶり」とは烈しい。芭蕉は常住するということはなく、必ず旅に出た。当時の旅は今の旅行とは全く違い、かなりの覚悟が必要であったろう。生還も確信ならず、しばしば水盃を交わして旅立つこともあった。芭蕉にとっては、いのちをかけて仲間に俳諧を伝え、新境地を開くためでもあり、新しい才能と出会うための旅であったと思われる。その師が京を去るにあたって、京で巻いた歌仙の撰集を託したのである。その喜びはいかようのものであったろうか。

さま〴〵に品かはりたる戀をして　凡兆
浮世の果《はて》は皆小町なり　芭蕉

世《よ》と言えば、男女の間の事をも指すが、それにしても色々なひとと色々な恋をしてきたものだ、と凡兆は感慨を洩らしている。それに付けて芭蕉は、時を経てみれば皆小町だよ、と言っている。小町は、種々の「小町伝説」があるが、先ずは小野小町で、百人一首の有名な「花の色は移りにけりないたずらにわが身世に経るながめせしまに」（花の色はこの長雨で褪せてしまった。美しいと囃された容色も性《しょう》もなく衰えて、あの人か、この人かと物思いにふけっている間にすっかり歳をとってしまった。）を引いている。芭蕉はたったの十四文字で「世の事」を喝破してしまった。

なに故ぞ粥すゝるにも涙ぐみ　去来

御留守となれば廣き板敷《いたじき》　凡兆

多分女性であろう。付け句は「御留守」と受けているが、主が物故したのではなく、何かあって旅にでも出たのであろうか。心の空白と主のいない板敷きの間が広く感じられて、ついつい感傷的になってしまう。

手のひらに虱《しらみ》這はする花のかげ　芭蕉
かすみうごかぬ昼のねむたさ　去来

虱は血を吸うと体が透けているので赤くなる。それを花影で手のひらに這わせるのは、風流というのであろうか、風狂というのであろうか。翁は風狂というのを好むかもしれない。挙句は春の昼過ぎのけだるい平穏を持ってきて、めでたく一巻を巻き上げている。

＊

評釈について

評釈というのは解釈を自分に引き寄せてやるのであるから、ことさらな我田引水、唯我独尊にならぬように注意しなければならない。これがなかなか難しい。逆に考えて、自由に解釈する余地がある句も良いと言えまいか。晦渋な句の細部にまで入り込んでしまうと、ついつい衒学的になり、重箱の隅をつつくことになりかねない。この作品鑑賞は、研究者の評釈ではない一連句愛好家のものであるが、「付いて転ずる」という連句の、句を付けるという行為の興趣が、どこに生じるかを見ることが大事なのだと思う。予期しない表現が付けられ、それが面白いと共有されて、風流となるのである。この作品鑑賞は、句が心に呼び起こしたイメージを結び、次の付けの転じが思わぬ意味を前句にもたらし、新しい風景をつくることを連句の醍醐味とみている。

（半酔）

あとがき

本書は、「連句は難しい」と敬遠する人に、「これ、読んでみて」と手渡せる本があれば、と思ったのがそもそもである。この本が、そういう方に読んでもらえ、「出来るかな」と思ってもらえれば、これ以上の喜びはない。

そのために、難しいと思われないように式目などの細目は、あえて本書では取りあげなかった。実作を重ねてゆけばわかってくることである。先ずは季語辞典一冊があればよいと思う。

初めの一章から三章までは、連句のつくり方と連句の成り立ちを、連句にはじめて接する方にもわかるように、できるだけやさしく略述した。

次の四章、五章では実作の心得といろいろな作例を取りあげて解説し、読者の参考に供した。

六章では対談を、最後の七章では、歌仙「夏の月」（『猿蓑』）をとりあげ、作品鑑賞を試みた。間違いがあるかもしれない。ご教示を賜りたい。

本書には新しい提案が入っている。「雪」の定座である。「花」「月」があるのであるから、雪月花の「雪」を入れてもよいのではないか。もちろん北から南まで長い日本列島であるから、雪の降らないところもあろう。その座に集まった仲間で決めればよいことである。入れればまた違った興趣があろうと思われるからである。

＊

芭蕉は三十七歳で深川に退隠、俳諧ひと筋につながる風狂を択んだ。筆者は翁に齢《よわい》倍するも、未だ初心者で汲々としているが、翁の風狂の精神は大事にして行こうと思っている。連句は「一歩も後に帰る」ことはない。人生もそのように考えれば、同じ句を吐かないことも肝に銘じたいと思う。

最後にひとこと。引用させていただいた連句作品について、佛渕先生はじめ、「千住連句会」「しゃれこうべ連句会」の連衆の皆さまに厚く御礼申し上げます。

（半酔）

参考文献

『連句・俳句季語辞典　十七季』東明雅・丹下博之・佛渕健悟（三省堂、二〇〇七年）
『芭蕉全発句』山本健吉（講談社学術文庫、二〇一二年）
『芭蕉七部集評釈』安東次男（集英社、一九七三年）
『与謝蕪村』安東次男（日本詩人選１８　筑摩書房、一九七〇年）
『連句入門　芭蕉の俳諧に即して』　東明雅（中公新書、一九七八年）
『連句入門―蕉風俳諧の構造』安東次男（講談社学術文庫、一九九二年）
『連句のたのしみ』高橋順子（新潮選書、一九九七年）
『連句日和』笹公人、矢吹申彦、俵万智、和田誠（自由国民社、二〇一五年）
『正岡子規　言葉と生きる』坪内稔典（岩波新書、二〇一〇年）
『俳句のユーモア』坪内稔典（岩波現代文庫、二〇一〇年）
『俳句実践講義』復本一郎（岩波現代文庫、二〇一二年）

『人は文章を書く生きものです。―私のための文章講座』星野人史（木魂社、二〇一一年）
『寺田寅彦　人と芸術』太田文平（麗澤大学出版会、二〇〇二年）
『寺田寅彦―漱石、レイリー卿と和魂洋才の物理学』小山慶太（中公新書、二〇一二年）
『俳諧の本質的概論』寺田寅彦（俳句講座第三巻、改造社、一九三二年）
『寺田寅彦随筆集一〜五』小宮豊隆編（ワイド版岩波文庫、一九九三年）
『柿の種』寺田寅彦（ワイド版岩波文庫、二〇〇三年）
「連句雑俎」寺田寅彦（俳誌「渋柿」に連載、一九三一年三月〜十二月）
『俳諧評論集　共生の文学』別所真紀子（東京文献センター、二〇〇一年）
『連句で遊ぼう』水沢周（新曜社、一九九五年）
『修辞的残像』外山滋比古（みすず書房、一九六八年）

〈著者紹介〉

坂本砂南（さかもとさなん）。1940 年東京生まれ。エッセイスト。探訪記、随筆などを執筆。共著に『敬語のお辞典』（2009 年、三省堂）がある。

鈴木半酔（すずきはんすい）。1941 年東京生まれ。国際基督教大学教養学部卒。出版社経営。

はじめての連句
つくり方と楽しみ方

定価　本体一七〇〇円（税別）
©二〇一六年四月一五日　初版第一刷発行
著　者　坂本砂南＋鈴木半酔
発行者　鈴木和男
発行所　株式会社　木魂社
東京都千代田区神田神保町二ノ二八
電話　〇三（三二三七）七五七六
振替　〇〇一八〇―四―四四九六四
装丁・組版　四月社
印刷所　壮光舎印刷株式会社
ISBN　978-4-87746-118-8
URL　http://www.h4.dion.ne.jp/~kodama

木魂社の本

盛口　満

ゲッチョ先生の野菜探検記

ゲッチョ先生こと盛口先生は「骨」だけではなく、様々な生き物にも目を向けている。今回の探検のテーマは野菜。「なぜ野菜は食べられるのか？」を追い求めるナスマニア・ゲッチョ先生と野菜嫌いの人々とのソクラテス的対話から浮かび上がる野菜の正体とは…。野菜の起源に迫る目から鱗の物語。　本体 1700 円

小林誠彦

フクロウになぜ人は魅せられるのか

わたしのフクロウ学

ひたすらフクロウを追い求めているとフクロウ目になってくる。街の中でも、看板に描かれたフクロウ、置物のフクロウ、ストラップに付いた飾りのフクロウが目に飛びこんでくる。人はなぜフクロウに惹かれるのか。生態的、イメージ的、博物的に新しい発見に満ち満ちた待望の「フクロウ学」。　本体 1700 円

盛口　満

生き物屋図鑑

世の中には「生き物屋」と称される人種がいる。ゲッチョ先生こと盛口先生はひたすら「骨」を追う「骨屋」であるけれども、それこそ星の数ほどもいる生き物一つ一つに「生き物屋」が張りついているのである。「わたしの生き物屋見聞録」とでもいうべき本書は、一線を越えてしまった「生き物屋」のあやしい生態を、5章 40 アイテムで綴る抱腹のエッセイ。　本体 1700 円

木魂社の本

寺田昌道

柿渋クラフト 柿渋染めの技法

わずか半世紀前までは日本人の生活は、ほとんどが自然素材で営まれていた。木の文化、竹の文化、藁の文化、灰の分化、そして柿渋の文化もあった。柿渋は防水、防腐剤として幅広く使われていた。もろみを漉す酒袋もその一つで、使い込まれた酒袋のその風合いの美しさに瞠目した著者は、新しい色材として現代の生活にとり入れようと提案する。イラスト、写真多数。 **本体 2857 円**

寺田昌道

柿渋クラフトをたのしむ

型染めと筒描き染め

『柿渋クラフト　柿渋染め技法』の実践篇です。柿渋染めの原理と方法を簡単に説明し、実際の手順と注意することを写真と文で進めてゆきます。「浸染」「引き染め」「型染め」「筒描き染め」と章にわけてありますので、初めての方にもわかりやすい構成になっています。作品のカラーページもあり、仕上がりの感じがつかめます。

本体 2200 円

大野泰雄・広田益久編／日本綿業振興会監修

はじめての綿づくり

アオイ科のクリーム色の美しい花を咲かせるワタの木は、秋になるとコットンボールが割れて、真白な綿を吹きだす。その時の感動は忘れがたく、いま静かなブームとなっている。初めて綿の木を栽培する人のために、種まきから育て方、糸つむぎ、簡単な染織などをやさしくまとめた本。

本体 1600 円